Sommaire

1. Ce qu'on ne dit pas aux parents

J'avais décortiqué le questionnaire de Fairlee si longtemps, que j'avais le cerveau en compote. Si je voulais vraiment entrer dans leur école, il fallait que je comprenne bien ce qu'ils souhaitaient vraiment que je réponde.

Ces questions, c'était quelque chose. S'il s'était agi de répondre par vrai, faux, au choix, je me serais débrouillé. Par exemple :

Cochez l'une des affirmations suivantes.
Votre nom est :
La reine Victoria
Alexandre le Grand
Jonah D. Krock

ou bien :

George Washington a inventé la télévision
Vrai ou faux ?

ou encore :

Entourez la mention exacte. Vous avez :
entre zéro et dix ans
entre dix et vingt ans
entre vingt et trente ans
entre trente et quarante ans

Et ainsi de suite. Ça c'est facile.

Mais en réalité, la question qui m'angoissait était la suivante : veuillez nous dire quelque chose sur vous-même.

La page était restée blanche un bon moment, aussi vide que je l'étais moi-même, finalement j'avais rassemblé mes esprits de mon mieux. Cela m'a pris pas mal de temps pour sortir ce que j'ai réussi à sortir, un temps que j'aurais pu passer à regarder la télé.

Mon nom est Jonah D. Krock. Je le garderai toute ma vie, on ne peut pas en dire autant de toutes les choses que l'on possède.

J'étais déjà Jonah D. Krock quand je n'étais qu'un bébé, je le suis encore aujourd'hui, je le serai toujours même quand je serai vieux. Mon nom ne changera pas, moi si.

Peut-être qu'un jour Jonah D. Krock aura une vie

intéressante à raconter. Je l'espère. La seule chose que je peux dire jusqu'à présent sur ma vie, c'est qu'elle a bien commencé. Je vis avec mon père et ma mère. Comme on déménage souvent j'ai eu la chance de connaître pas mal de villes, grandes ou petites, et ça a été pour moi une expérience enrichissante.

J'ai réfléchi à ce que je pouvais ajouter qui m'aiderait vraiment pour entrer à Fairlee et finalement, j'ai mis :

Quand j'écrirai mon autobiographie, j'espère pouvoir dire avec fierté que j'ai été un élève de Fairlee.

J'ai failli supprimer cette dernière phrase, mais après tout si cela marchait, ça en valait la peine.

J'avais rempli une page, et il y en avait encore une centaine. Il fallait que je le fasse, et que je le fasse maintenant, et en plus que je le fasse bien. Ce fichu questionnaire de Fairlee me gâchait tout mon été. Mais il fallait à tout prix que j'entre dans cette école. Fairlee était un pensionnat, ce qui signifiait que j'allais vivre loin de mes parents, et c'était la raison majeure pour laquelle il fallait que j'y sois admis. Non pas que mes parents soient des gens affreux, au contraire ils sont très gentils, à la manière des parents, mais ils ont parfois des idées bizarres. En fait nous n'avons pas grand-chose en commun.

Par exemple, je n'ai besoin que de trois choses pour être heureux. Un, regarder la télévision. Deux, manger ce que j'aime. Trois, ne pas être obligé de faire de l'exercice toutes les cinq minutes. Ça prouve que je suis un type tout à fait normal. Ce sont mes parents qui sont à côté de leurs pompes. Ma mère est une obsédée des questions santé. Elle s'est mis dans la tête que certains aliments sont super, que d'autres sont dégueulasses, et elle décide lesquels sont lesquels. Elle pense que ce qui contient la moindre petite calorie est un poison. Résultat, on ne mange pas grand-chose, à part des légumes et ce genre de trucs sans intérêt.

Mon père, lui, est un type bien, je crois, mais il appartient à la race des super-énergiques qui pensent que les autres, moi en particulier, doivent être aussi athlétiques qu'eux et c'est vraiment la barbe !

En gros, tout cela est plutôt moche, comme vous pouvez le constater, et encore je n'ai pas dit le pire. C'est presque incroyable : mes parents sont d'accord tous les deux pour dire que quand l'école commence, la télévision doit s'arrêter. Plus de télé à partir de septembre ! Même pendant les week-ends. C'est à peu près la même chose que de dire : « Plus le droit de respirer. » La manière dont ils parlent de la télévision prouve qu'au lieu de la regarder, ils préfèrent lire des articles « contre ».

Papa dit souvent ce genre de chose : « Ta boulimie de télévision a changé un passe-temps occasionnel en une fâcheuse habitude, et cette fâcheuse habitude en une dangereuse intoxication. »

Vous comprenez ce que je veux dire quand je dis qu'ils sont de drôles d'oiseaux. Pour être certains que je ne carotte pas cinq minutes de télévision après la rentrée scolaire, ils ont décidé de se débarrasser du poste début septembre. Donc je n'ai pas le choix, il faut que je quitte cet appartement pour entrer à Fairlee.

Mais Fairlee n'accepte pas n'importe qui, même si on a de bons bulletins et les moyens de payer, car c'est une école très chère. Cela ne leur suffit pas, c'est toute la personnalité du garçon qui les intéresse.

Ne pas rester collé à mes parents était l'une

des raisons qui me poussaient à vouloir entrer à l'école.

Ils ne savaient rien de l'autre qui m'a été fournie par l'un des représentants de Fairlee. Il était venu un soir pour nous vanter les mérites de l'école. Ces représentants touchent probablement une prime pour chaque élève qu'ils convainquent d'entrer à Fairlee. Alors ils mettent le paquet.

Je n'étais pas particulièrement ravi de sa visite qui signifiait que j'allais manquer quelques bonnes émissions. En plus je devais troquer mes espadrilles et mon blue-jean contre un costume idiot, une chemise et une cravate.

Tout ce qui avait trait au représentant de Fairlee était rond, même son nom: monsieur Boule, sauf qu'il l'épelait B.O.L.E., ce que j'ai découvert plus tard. En fait il ressemblait tout à fait aux personnages que je dessinais, faits de ronds de différentes tailles, assemblés pour figurer un corps.

M. Bole avait apporté des diapos, un appareil de projection, des dépliants. Après avoir fait un petit discours élogieux sur Fairlee et dit quelle merveilleuse école c'était..., il a installé l'appareil et nous a projeté un million de diapositives de l'école. Je n'avais jamais vu Fairlee, et j'en avais déjà une indigestion.

En même temps, il n'arrêtait pas de parler pour dire comment il était entré à l'école, combien il aimerait être encore un élève de Fairlee, avoir la perspective de toute une grande journée à y passer. Moi je ne faisais que penser à toutes les émissions de télé qui me filaient sous le nez, au nombre de diapos qu'il fallait encore se taper. Papa et Maman très polis, mais qui s'ennuyaient ferme, disaient des choses du genre «superbe, charmant»... moi, je savais qu'ils se félicitaient de ne pas avoir à y mettre les pieds.

Après m'avoir fait rater trois bonnes émissions, le stock de diapositives a enfin été épuisé. Maman et Papa n'avaient pas dit grand-chose pendant la projection des deux dernières douzaines, et je supposais qu'ils s'étaient assoupis. Dès que la lumière est revenue, Maman a cligné des yeux, s'est levée d'un bond et a proposé: «Vous prendrez bien quelques gâteaux et une tasse de café?»

Je n'avais pas tellement envie que M. Bole s'incruste, mais j'avais envie de ces gâteaux. D'habitude, comme je l'ai expliqué, il n'y a jamais de gâteaux chez nous. Ceux-ci étaient mes préférés, au chocolat, et « faits maison ». Je savais que ce n'était pas le cas, Maman ne fait jamais ce genre de chose. J'étais sûr qu'elle les avait achetés dans une vente de charité à l'hôpital, dans une kermesse ou ailleurs.

Toujours est-il qu'elle m'a lancé un drôle de regard quand j'en ai pris trois d'un coup. Maman a le chic pour envoyer des regards lourds de sens. En tout cas, les gâteaux compensaient ma soirée ratée, même si j'avais manqué trois émissions.

M. Bole a dit : « Avant de m'en aller j'aimerais bien avoir un entretien d'homme à homme avec Jonah, si vous êtes d'accord. » J'ai gémi intérieurement. Encore une émission à l'eau.

Après la sortie de mes parents (en douce Maman avait raflé l'assiette de gâteaux et j'ai entendu le broyeur d'ordures les pulvériser), M. Bole a posé ses mains potelées sur ses cuisses rondes et s'est penché vers moi.

« Les parents », a-t-il dit, en clignant des yeux derrière ses lunettes rondes, « n'aiment pas beaucoup que l'on mange des trucs qui font grossir. Fais-moi confiance, je sais exactement ce que tu ressens. » Il avait donc surpris le regard significatif de ma mère.

Il a mis un doigt sur ses lèvres et a murmuré : « Motus, Jonah, motus. Ce que je vais te dire doit rester strictement entre nous. »

J'ai hoché la tête. « Bien sûr. »

« A Fairlee nous avons des idées tout à fait différentes. Chaque chambre est équipée d'un réfrigérateur. Petit, mais suffisamment grand pour contenir les choses qu'un petit garçon adore : glaces, sucettes, fondants, esquimaux enrobés de chocolat. » Je l'ai regardé fixement.

« Nous pensons que tous les élèves de Fairlee ont le droit de manger ce qui leur plaît. Notre théorie est que si ce n'était pas bon pour vous, votre organisme ne réclamerait pas toutes ces gourmandises. J'ai raison ? » J'ai répondu :

« Sûr. » Tout d'un coup je me suis mis à aimer M. Bole.

« Tu comprends pourquoi on ne peut pas dire cela aux parents », a dit M. Bole en haussant les épaules. « Notre ligne de conduite est basée sur les plus récentes recherches. Les parents – qui ne sont que des profanes – ne peuvent pas connaître tout ce que l'équipe de Fairlee et les chercheurs, eux, connaissent. »

J'ai acquiescé.

Il a regardé ses ongles. « Il y a encore autre

chose au sujet de Fairlee», a-t-il dit, «il y a un poste de télévision dans chacune des chambres, pas très grand, mais en couleurs naturellement; ni horaire ni règle pour regarder les programmes ou non. A Fairlee nous pensons que la télévision fait partie de l'éducation des élèves. Nous croyons même qu'elle aide à mieux étudier.»

Ce type était génial. Il a continué de parler et moi de l'écouter.

«Nous avons découvert qu'un élève qui, tout en travaillant, regardait des dessins animés, ou le tout dernier programme de la télé, assimilait mieux ce qu'il étudiait que son condisciple privé de télévision.»

Il a soupiré et s'est redressé. «J'ai pensé qu'il fallait que tu saches tout cela, Jonah, avant de fixer ton choix définitif sur une école.»

«Je suis vraiment content que vous m'en ayez parlé», lui ai-je dit.

«N'oublie pas, motus. Je n'aime pas beaucoup faire des cachotteries aux parents de nos nouveaux, mais au début c'est préférable. Plus tard, bien sûr, ils s'apercevront que nos méthodes ont du bon, que tu es plus heureux, mieux portant, plus équilibré.» Il riait. «Mes parents ne m'auraient jamais laissé entrer à Fairlee s'ils avaient soupçonné que j'aurais tous les bonbons et toutes les glaces dont j'avais envie, que je pourrais regarder la télévision autant que je le voulais. Naturellement, ils ont découvert plus tard le bien-fondé de la méthode de Fairlee. Il en sera de même pour tes parents. Pour le moment nous ne leur dirons rien. D'accord?»

«Je n'en soufflerai pas un mot, promis.»

«Ce qui est important à présent, c'est que tu remplisses le questionnaire que je vais te laisser. On est très, très pointilleux à ce sujet, pour les inscriptions. Si tes réponses ne sont pas satisfaisantes, tu ne seras pas accepté. Alors Jonah, essaie, essaie vraiment de faire de ton mieux. Je te donne un tuyau qui te sera peut-être utile. Ce qu'ils attendent du candidat, c'est la sincérité.»

Naturellement que j'allais essayer. Il fallait absolument que j'y entre quoi qu'il arrive.

J'ai eu du mal à m'endormir ce soir-là, tellement j'étais excité à l'idée d'aller peut-être à Fairlee, et préoccupé au sujet du questionnaire à remplir.

J'entendais Papa faire du jogging sur place. Ensuite ce serait le tour des «pompes» et demain matin, tout recommencerait comme d'habitude. Une vraie intox, je vous dis, et dangereuse en plus !

2. Tu te fais tes copains, je me fais les miens

J'avais terminé la première partie du questionnaire de Fairlee et j'avais plus que jamais besoin de bonbons. Le dîner était loin.

Je savais qu'il y avait un drugstore au coin de la rue et une épicerie au bas de l'immeuble voisin. C'est à peu près tout ce que je connaissais du quartier, car nous venions de déménager. Nous n'arrêtions pas de déménager.

Je suis allé dans la cuisine. Maman s'activait, mettait de l'ordre dans les tiroirs. Elle déballait encore des accessoires de cuisine, cherchant où les ranger. C'était au moins la dixième fois qu'elle recommençait. Elle étudiait la meilleure solution pour passer le moins de temps possible dans la cuisine.

«Je descends dans le hall chercher le courrier, tu veux que je fasse des courses ? que j'achète du céleri ? du lait écrémé ?»

Elle a secoué la tête. «Merci tout de même, j'ai tout ce qu'il faut.»

Cela signifiait qu'elle avait une bonne réserve d'épinards, de choux-fleurs, d'okra* et de yaourts.

«Hier soir, au bridge, j'ai rencontré une jeune femme très gentille», a dit Maman. «Elle a un fils exactement de ton âge, je lui ai...»

J'ai gémi. Les parents pensent que lorsque quelqu'un leur plaît, ce quelqu'un a obligatoirement un rejeton idéal.

Je lui ai dit: «Les parents sympas ont en général des enfants infects.»

«Ils habitent l'immeuble d'à côté, ça ne coûte rien d'essayer», a répondu Maman.

J'ai secoué la tête. «C'est le bouquet.» Je savais ce qu'il arriverait si je ne stoppais pas cela immédiatement. Maman inviterait cette nouvelle amie à la maison, lui dirait d'amener son fils et je ne pourrais plus me défiler, plus jamais.

«Ecoute, Maman», ai-je dit avec fermeté, «partout où je suis allé, à l'école, en colonie de vacances, ou dans chacun des immeubles que nous avons habités, il y a toujours quelqu'un qui me cramponne pour que je devienne son ami.

* Légume d'origine africaine.

Ensuite il se révèle être un parfait abruti, ou un kleptomane, ou un pyromane, ou n'importe quel type de maniaque. Et les gens, me voyant tout le temps fourré avec lui, s'imaginent que je suis du même acabit. »

Maman a hoché la tête. Peut-être m'écoutait-elle, peut-être réfléchissait-elle à l'endroit où elle allait ranger les couteaux à viande, peut-être se demandait-elle quel jour elle allait inviter sa nouvelle amie et sa larve de fils pour qu'ils fassent ma connaissance.

« Tu te fais tes copains, je me fais les miens », lui ai-je dit.

Elle s'est retournée. Elle était sur le point de se lancer dans le monologue n° 23, à savoir que j'étais en train de me momifier devant la télévision, qu'il faudrait que je sois plus sociable, que je devrais...

Avant qu'elle ne puisse entamer son discours, j'ai dit : « Je reviens tout de suite, j'ai une course à faire en vitesse », et je me suis tiré.

J'ai acheté mon paquet de bonbons. En réalité, pour être honnête, j'en ai acheté trois. J'en ai mangé deux en chemin, le troisième dans le hall de l'immeuble, et j'ai réalisé que j'avais encore faim.

J'ai pris l'ascenseur. Il y avait déjà quelqu'un dedans mais je ne voyais pas grand-chose car ce quelqu'un portait un énorme sac en papier. Je n'apercevais que ses bras et ses jambes et ça n'avait rien de bien excitant. Il respirait bruyamment en se raclant la gorge.

Son énorme sac en papier était plein de provisions. Comme il y avait des bananes sur le dessus, j'ai pensé que tout le reste était aussi des trucs à manger.

Le sac lui bouchait la vue et je pense qu'il se croyait tout seul dans l'ascenseur. Je m'étais faufilé à toute allure au moment où la porte se refermait. Il a continué à graillonner puis il a commencé à parler tout seul. C'était une sorte de mélopée, et au début j'ai cru qu'il s'agissait d'une langue étrangère (ce qui ne m'aurait pas tellement surpris car il avait vraiment l'air de débarquer de Mars ou d'ailleurs). Mais, en écoutant attentivement et d'après les quelques mots que j'ai pu saisir, j'ai compris finalement qu'il s'agissait d'une liste de courses :

Laitue, tomates, biscuits et fromage,
mille-feuilles, glaces, épinards et petits pois surgelés,
bananes, thon et macaroni,i,i,i.

Je respire assez doucement, donc il ne savait pas que j'étais là jusqu'à ce que l'ascenseur s'arrête au quatorzième et que je m'apprête à en sortir. Comme il voulait en faire autant, nous nous sommes rentrés dedans, et les provisions se sont répandues un peu partout. Quand la porte de l'ascenseur s'est refermée, la plus grosse partie des provisions était sur le palier et les bananes dans l'ascenseur. « Zut », a-t-il dit. Il fixait la porte de l'ascenseur, ses yeux lui sortaient presque de la tête. Il s'est mis à cligner des paupières, probablement pour les empêcher de tomber. Il a crié :

« Les voilà partis ! » Ce n'était pas vraiment un cri, mais plutôt une sorte de grincement rauque. Je ne voyais pas pourquoi des bananes avaient tant d'importance à moins de crever de faim et je me suis dit que c'était peut-être son cas, d'autant qu'il était plutôt décharné. « Décharné » est un de mes nouveaux mots. J'essaie d'élargir mon vocabulaire.

Il restait planté là, haletant, fixant les boutons lumineux de l'ascenseur, tout maigrelet, avec un million de petits boutons sur le visage, deux millions en comptant ceux des bras et des jambes. Si j'avais autant de boutons, je ne me baladerais pas en short et T-shirt, je porterais un jean, une chemise à manches longues, de grosses lunettes noires qui me mangeraient la figure, des cheveux longs qui me couvriraient le front. Et quand je serais plus vieux, si les boutons n'avaient pas disparu, je me laisserais pousser la moustache, la barbe, les favoris, on ne verrait que ma bouche. Et si j'avais des dents comme les siennes, je ne l'ouvrirais pas souvent.

Je ne devrais pas critiquer ses dents, les miennes ne sont pas géniales, du moins elles ne l'étaient pas la dernière fois que je les ai vues, ce qui remonte à un million d'années, avant que je ne porte un appareil, mais du moins elles étaient blanches. Pas d'un blanc nacré parfait, non, mais n'importe qui pouvait voir en un clin d'œil que le blanc était la couleur dont elles se rapprochaient le plus. Les dents de ce type n'étaient ni blanches, ni grises, ni même jaunes mais d'une couleur bizarre que l'on n'associe pas d'habitude à celle des dents. J'ai cessé de les regarder pour observer les boutons de l'ascenseur. Lui (et les bananes) était au dix-huitième étage.

J'ai résolu d'agir. Agir, pour moi, c'est dépenser le moins d'énergie possible, car, d'après mes parents, je suis quelqu'un de très sédentaire.

Donc j'ai tendu le bras pour appuyer sur le bouton, ce qui n'avait rien de vraiment athlétique, mais c'était toujours mieux que ce qu'il faisait, lui, et j'ai dit: «Ne t'en fais pas, il suffit de faire redescendre cet abruti d'ascenseur avec ces fichues bananes.»

Je me forçais à rester calme pour qu'il n'explose pas. C'est pourtant ce qu'il a fait.

Il s'est mis à hurler d'une voix perçante, des bouts de phrases hachées: «Trop tard! sûr, vont crever!»

J'essayais de trouver quelque chose d'apaisant à lui dire. Heureusement, la veille au soir, j'avais vu à la télévision une émission où quelqu'un avait eu à faire face à une crise du même genre. Pas pour les mêmes raisons, bien sûr, il s'agissait d'un bébé kidnappé, mais ce type de crise déclenchée par l'émotion.

«Allons, allons, on se calme, maintenant», ai-je dit, reprenant la phrase qui avait si bien réussi à la télévision la veille.

J'ai cru qu'il allait jaillir de sa peau pleine de boutons et que ça allait être le cirque. Il fixait les signaux de l'ascenseur, j'ai fait pareil. Toujours au dix-huitième.

Il a recommencé à respirer fort et à tousser en

crachotant. «Ne t'inquiète pas», ai-je dit, aussi doucement que possible, «les bananes ne vont pas mourir là-haut. Elles se conservent plusieurs jours. A propos de bananes, il y a une chose intéressante», je continuais tout en l'observant pour voir s'il allait s'évanouir ou être pris de spasmes, ou autre chose. «Sais-tu, par exemple, qu'on ne doit jamais les mettre dans le réfrigérateur? Parce que...»

Il m'a interrompu avec une espèce de gémissement aigu et un drôle de bruit de gorge: «Il n'descend pas, il n'descend pas, vont crever!»

A propos de bananes, il se transformait en banane à mes yeux. J'ai inspecté le couloir. Rien que des portes. Six portes en tout. L'une était celle de notre appartement, une autre était forcément la porte du sien, il en restait quatre, c'est à peu près tout ce que je sais en maths. Peut-être y avait-il un médecin ou un psychiatre derrière l'une d'elles.

Entre-temps, il fallait que je prenne la situation en main. Elle était délicate. Je n'étais jamais tombé avant sur quelqu'un qui ait un comportement aussi dingue, sauf à la télévision bien sûr, et j'étais inquiet, car il arrive que ce genre de type vous donne un coup sur la tête ou invente autre chose. Il pâlissait ou peut-être étaient-ce ses boutons qui rosissaient, difficile à dire, mais ça lui donnait l'air d'avoir été confit dans de la marinade. Je continuais le truc du calmant, c'était la meilleure chose que j'avais trouvée.

«Elles me semblaient en très bonne forme», ai-je dit d'un ton rassurant. «A part quelques taches brunes, mais tu sais que pour les bananes, cela n'a rien d'alarmant, c'est une simple indication que...»

«Je monte», a-t-il annoncé. Au début j'ai cru qu'il disait «j'ai honte» parce qu'il allait vomir, ce qui n'aurait pas été tellement surprenant. Il a tourné les talons et s'est dirigé vers l'escalier.

«Hé, attends!» Je ne pouvais pas savoir ce que cet idiot parti à la chasse à la banane allait fabriquer. «Qu'est-ce que tu veux que je fasse avec toute cette bouffe?» ai-je crié. «Les asperges? les petits pois? Tu les laisses en plan ou quoi?» tandis qu'il ouvrait violemment la porte de la cage d'escalier. «Même les mille-feuilles, tu t'en fous?»

La porte a claqué, je me suis retrouvé au milieu de boîtes de thon, de macaronis, d'esquimaux, et je me suis demandé ce qu'il fallait faire. Me précipiter sur le téléphone et appeler l'hôpital? Courir après ce dingue? ou attendre qu'il revienne avec les bananes malades?

Je restai planté là, à regarder le signal lumineux de l'ascenseur qui ne bougeait pas. Dix-huitième toujours.

Puis il s'est mis à descendre.

Je ne suis pas du genre à prendre des décisions rapides et le temps que je mette mes idées en ordre, la porte de l'ascenseur s'est ouverte, il est sorti à toute vitesse, tenant les bananes d'une main, un petit récipient en carton dans l'autre. Il est passé devant moi en me bousculant, brandissant le régime de bananes comme un flambeau et s'est mis à courir dans le couloir. « Sont en vie ! » criait-il, « mais il faut se dépêcher ! Je crois qu'Emily est en train de mourir ! »

Je n'avais jamais entendu parler de quelqu'un donnant des noms à des bananes et je suis resté à le regarder courir tenant ses bananes en l'air. « Dépêche-toi », a-t-il crié par-dessus son épaule, « il n'y a pas de temps à perdre ! »

Je me suis mis à ramasser les paquets éparpillés ; il hurlait : « Vite, vite, Emily est en train de mourir ! »

Je l'ai rejoint en courant, il a bredouillé : « La clef, la clef, dans ma poche gauche ! »

J'ai mis la main dans la première poche venue.

«Celle de gauche, de gauche, de gauche!» criait-il. Finalement j'ai trouvé la clef, je l'ai mise dans la serrure et j'ai ouvert la porte. Ça paraît facile et d'habitude c'est vrai que c'est facile de trouver une clef, de la mettre dans une serrure, de la tourner, d'ouvrir, mais dans ce cas particulier c'était très, très difficile.

Dès que la porte a été ouverte, il s'est précipité en me bousculant.

«A la cuisine! Ouvre l'eau! Dépêche-toi!»

J'ai couru vers l'évier et tourné le robinet. «Chaude ou froide?» ai-je hurlé. Ce qui prouve à quel point j'étais déboussolé. En général je ne m'affole pas si facilement.

«Froide, froide!» Il courait dans tous les sens, comme un fou, fouillait dans les placards en faisant plein de bruit, et en se cognant partout. Qu'est-ce qu'il cherchait? Un thermomètre pour les bananes, une serviette pour les envelopper ou un marteau pour me cogner dessus?

J'étais toujours résolu à être aussi apaisant que possible, donc j'ai dit: «Emily, c'est un très joli nom. Comment s'appellent les autres bananes?»

Il était tellement occupé à tout bouleverser, à sortir des tas de choses des placards, qu'il n'a pas répondu. Peut-être qu'il avait d'autres bananes cachées là-dedans, peut-être allait-il se retourner vers moi, armé d'un couteau de boucher ! Je suis resté très calme et je lui ai dit : « Ça y est, l'eau est fraîche, on peut se passer la tête dessous, d'accord ? Je ne sais pas ce que tu en penses, mais moi j'aime bien me mettre la tête sous l'eau froide quand les choses vont de travers, et… »

Il a sorti d'un placard un grand bol et a crié : « Remplis-le ! Vas-y ! » J'ai pensé qu'il voulait y plonger sa tête mais il a hurlé : « Il faut les mettre dedans et vite, sinon… »

On en revenait toujours aux bananes. Elles étaient sur la table, tout près de moi. Dès que le bol a été plein, je les ai attrapées et les ai jetées dedans.

« Voilà, c'est fait, tout va aller bien maintenant. Regarde, Emily est déjà requinquée ! »

Il m'a lancé un regard glacial. « Es-tu complètement abruti ou quoi ? » Il a retiré les bananes du bol, a attrapé le petit récipient en carton que j'avais vu dans l'ascenseur, l'a ouvert et a vidé son contenu à leur place : des petits poissons tropicaux aux couleurs vives. Il a penché la tête pour les regarder jusqu'à ce que son nez trempe pratiquement dans le bol.

Il a poussé un soupir de soulagement. « Les voilà à leur aise jusqu'à ce que je les mette dans l'aquarium. L'eau a coulé du récipient, ils seraient morts si je ne les avais pas mis dans le bol, je les ai déjà baptisés. Emily, Thorax et Sybil. »

Il les contemplait et soufflait sur eux doucement. Et puis il s'est tourné vers moi.

« Tu fais de l'idée fixe sur les bananes, n'est-ce pas ? Tu devrais voir un psychiatre. Parfois ce genre de chose prend des proportions embêtantes, même quand il s'agit d'un penchant apparemment innocent pour des bananes. Avoir des fixations bizarres est une manifestation parfaitement normale de la puberté, bien sûr, et celles qui ont trait à la nourriture sont assez fréquentes, mais... »

Bon, je n'allais pas rester là à me faire insulter. J'ai mis le cap vers la porte. Je l'avais aidé à sauver ses stupides poissons et il n'avait même pas l'idée de me remercier. Non que je rende service uniquement pour qu'on me dise merci, mais quand même, l'expérience avait été pour moi plutôt éprouvante. Pour lui aussi sans doute, mais il s'agissait de ses poissons, pas des miens. C'était à lui de se casser la tête, pas à moi, pauvre spectateur innocent.

Il m'a suivi hors de l'appartement. «Il faut que je ramasse les provisions et que je fasse deux ou trois voyages. Si tu me donnes un coup de main, on peut le faire en une fois. Ensuite on prendra une glace arrosée de sauce au chocolat et au caramel, avec des cacahuètes.»

J'ai hésité un billionième de seconde.

«D'accord», ai-je dit.

«Je m'appelle Goober», a-t-il dit. «Et toi?»

J'ai menti. «Moose.» Je l'ai aidé à ramasser toutes les boîtes de thon, de spaghetti et d'esquimaux et on est retournés dans son appartement.

3. Qui a des problèmes ?

Goober a sorti les sirops, les cacahuètes, des trucs à la guimauve et on a commencé à préparer nos glaces.

Il s'est penché pour attraper les bananes. « On pourrait se faire des banana splits », a-t-il suggéré. Il a froncé les sourcils et pincé les lèvres. « A moins que tu ne veuilles pas en manger. Peut-être te contentes-tu de les avoir près de toi pour les regarder, en prendre soin, les baigner dans un bol d'eau. »

J'ai répondu : « Un banana split, ce serait chouette. Je ne fais pas d'idée fixe sur les bananes, je croyais que c'était plutôt toi. »

Goober a hoché la tête avec sérieux. « C'est très compréhensible. Nous aimons tous penser que les autres partagent nos problèmes. »

Je me suis bien gardé de le remettre sur les rails et je me suis concentré sur la préparation de mon banana split.

Il n'a rien dit pendant quelques minutes. J'allais découvrir que les silences sont très rares chez Goober. « Elever des poissons tropicaux est mon passe-temps favori », a dit Goober. « C'est quoi le tien ? »

En fait, je n'avais pas de passe-temps favori, à moins qu'on ne compte parmi eux la télévision, ce que personne ne fait, alors j'ai fait semblant de ne pas entendre sa question.

Nous avons emporté nos banana splits dans le salon, car la cuisine était encombrée de provisions et la table de la salle à manger de bouquins, de papiers, de cartes. Comme les chaises et les divans du salon disparaissaient sous des tas de cartons encore intacts, en provenance d'un magasin ou d'un supermarché, nous nous sommes assis par terre. Ça n'avait pas l'air d'un appartement très bien organisé. Je me demandais avec qui il vivait, si c'était avec ses parents ou des tuteurs. Il avait tout du gosse sortant de l'assistance publique. Je n'allais quand même pas le lui demander. J'essaie de ne pas poser de questions puisque moi-même je déteste y répondre quand on m'en pose.

On a commencé à manger nos banana splits. Il a demandé : « Tu habites à cet étage ? » Il avait le visage barbouillé de sirop au chocolat. S'il y a une chose que je déteste c'est que l'on mange comme un cochon. J'ai répondu prudemment :

« Pas vraiment. » Habiter au même étage que ce personnage allait me compliquer la vie. Il allait me coller tout l'été, peut-être même jusqu'à la fin de mes jours. Il fallait bien que je mente un peu pour me sortir de ce pétrin.

« Ça signifie quoi, pas vraiment ? » a-t-il demandé en léchant sa cuillère.

« Bon, c'est un peu compliqué à expliquer », ai-je répondu, pour essayer de gagner du temps et trouver quelque chose à dire. Pour être franc, je mens assez facilement. « Mon père est le concierge de l'immeuble. Nous sommes dix enfants et il n'y a pas assez de lits pour tout le monde ; nous dormons à tour de rôle dans l'ascenseur. C'est une très bonne solution. »

Il a ouvert la bouche pour dire quelque chose. Elle était pleine de glace en bouillie, alors j'ai enchaîné rapidement. « Je sais ce que tu allais dire. Tu allais dire que ça doit être plutôt monotone, mais tu serais surpris par les gens qu'on rencontre dans un ascenseur. Et puis on sait toujours le temps qu'il fait, parce que tout le monde dit un mot à ce sujet, du genre: «Beau temps n'est-ce pas?» ou «Quelle pluie on a!» ou «Pour un vent glacial, c'est un vent glacial», et tu apprends beaucoup de choses. Bien plus par exemple que si tu habites au quatorzième étage. Parce que là tu ne rencontres personne.

«Au treizième», dit Goober en reprenant une bouchée de banana split.

«Au treizième quoi?» ai-je demandé.

«Treizième étage. On l'appelle le quatorzième parce que la plupart des gens sont trop superstitieux pour habiter le treizième. Il n'y a pas d'étage appelé treizième. C'est celui-ci, mais on dit le quatorzième.»

Il m'expliquait tout cela très lentement et très méthodiquement comme si j'étais un môme.

Il continuait, triturant sa banane avec sa cuillère: «Par exemple, cet appartement porte le numéro 1410 mais en réalité c'est le 1310.»

«Je comprends, je comprends», ai-je dit.

«Tu l'avais déjà remarqué?» m'a-t-il demandé. «Passant autant de temps dans l'ascenseur, j'aurais cru que tu l'aurais remarqué. Naturellement tu n'es pas obligé d'être spécialement observateur. Il se trouve que moi je le suis.»

J'ai répondu: «Je le suis d'habitude, je le suis

même d'une manière exceptionnelle. Mais je suis tellement occupé à observer les gens qui entrent et qui sortent de l'ascenseur que je ne fais attention à rien d'autre, excepté aux provisions. Je suis toujours intéressé par les provisions.»

Goober m'a lancé un coup d'œil et a rapproché de lui son banana split.

J'ai continué: «Et je rencontre des tas de gens et de provisions intéressants. Par exemple, tiens, aujourd'hui je t'ai rencontré.» Je n'arrêtais pas de parler pour l'empêcher d'ouvrir la bouche. «Je guette toujours les gens susceptibles de prendre l'ascenseur avec un sac plein de provisions en espérant qu'il y aura un régime de bananes. Comme tu t'en es aperçu, j'adore regarder les bananes et m'assurer qu'elles sont en sûreté, à leur aise et heureuses. Et comme en général elles sont sur le dessus du sac, je suis sûr de ne pas les rater. Par contre, si j'avais un faible pour le thon ou quelque chose de cet ordre, ce serait beaucoup plus difficile, car les boîtes de thon sont en général au fond du sac.»

Il a ouvert la bouche pour dire quelque chose mais elle était encore pleine de crème glacée et j'ai continué: «Ce serait une riche idée de faire des sacs à provisions transparents. Pour des types comme moi qui aiment voir les provisions, ce serait génial, au lieu de se demander ce qu'il peut y avoir dans ces sacs de papier marron, même s'il ne s'agit que d'une boîte de potage aux champignons ou d'un paquet de mille-feuilles.»

Il s'est mis à écraser la banane avec la sauce au chocolat, les morceaux de guimauve et les cacahuètes. Cette espèce de pâte collante, à moitié liquide, n'avait plus rien à voir avec un banana split dont on peut voir, goûter et sentir les différents composants. Je lui ai dit: «Tu ne devrais pas tout écraser comme cela.»

Goober a répondu: «Ça ne fait pas plus de mal à la banane que de la mâcher. En plus je ne suis pas persuadé que les bananes ressentent quoi que ce soit malgré tes convictions à ce sujet.»

Il est parti vers la cuisine, en est revenu avec deux verres de lait. «Ça intéresserait beaucoup mon père», a-t-il dit en me tendant mon verre. «Il adore ce genre de choses.»

«Quel genre de choses?»

«Des choses un peu dingues, comme de faire de l'idée fixe sur les ascenseurs et les bananes. Lui-même n'est pas psychiatre, il est agent commercial, mais il adore lire tout ce qui concerne ces sornettes. Il a sa propre théorie sur les gens comme toi. Il pense que vous êtes branchés sur une longueur d'onde différente, que vous voyez et que vous entendez des choses que les gens normaux ne voient ni n'entendent. C'est pourquoi vous nous paraissez si étrangers.»

J'ai demandé: «Ton père nous a catalogués, hein?»

«Il ne porte pas de jugement, ni rien», a continué Goober. «Il se contente d'observer. Il ne t'en voudrait pas pour les bananes par exemple. Ça l'intéresserait, c'est tout.»

Goober a regardé en clignant des yeux l'espèce de pâtée qu'était devenu son banana split. Ça ressemblait à un tas de boue. Il a raclé le bord de l'assiette avec sa cuillère pour ne rien laisser de cette mixture dégoûtante.

Ce n'était pas dans mon intention, mais je me suis mis à regarder ses dents. Je me demandais si leur couleur bizarre ne venait pas de ce qu'il mangeait beaucoup de myrtilles par exemple. Ou...

«Tu portes un appareil pour tes dents», a-t-il dit. Je suppose que le fait de regarder ses dents avait attiré son attention sur les miennes. «Depuis combien de temps le portes-tu?» a-t-il demandé en fixant ma bouche d'un air absorbé.

«Mum-mumm», ai-je dit à travers mes lèvres serrées.

«Je n'ai pas fait exprès de te demander cela alors que tu as la bouche pleine», a-t-il dit. Il a attendu suffisamment de temps pour être sûr que j'avais avalé ma bouchée, et a répété: «Depuis combien de temps portes-tu un appareil?»

Il y a un truc marrant au sujet des questions, c'est que même si vous ne voulez pas y répondre vous y êtes obligés. C'est comme de guetter le bruit d'une deuxième chaussure qui devrait tomber et qui ne tombe pas, ou comme si une balance avait perdu son équilibre. Une question appelle une réponse comme le lever du soleil appelle son coucher. Alors que les questions sans réponse créent une espèce de césure dans le rythme des choses et tout est chamboulé. Donc j'ai répété, les lèvres toujours fermées: «Mum, mum.» Puis j'ai continué: «En fait, je suis né avec un appareil. Je suis un précurseur. Dans le futur, les gens n'auront plus de dents du tout, seulement des appareils, parce que leur nourriture sera comme de la bouillie pour bébé, ou peut-être avaleront-ils seulement des pilules nourrissantes. Les dents seront devenues un véritable anachronisme. Un anachronisme c'est...»

«Si je t'ai demandé cela», m'a-t-il interrompu, «c'est que le fait de porter un appareil depuis longtemps pourrait être un facteur important dans tes problèmes actuels.»

Je lui ai demandé: «Qui a des problèmes? Je n'ai pas de problèmes.»

«C'est le plus caractéristique des symptômes», a dit Goober, «que de penser que tu n'as pas de problèmes. Ça va énormément intéresser mon père.»

J'imaginais que son père était un Goober en plus vieux, plus grand, plus maigre, plus moche, je n'avais aucune envie de le rencontrer ni de répondre à ses questions.

«Bon, il faut que je m'en aille», ai-je dit; «en général, on dîne très tôt. Merci pour le banana split.»

Je suis très doué pour les civilités, grâce à mes parents qui m'ont inculqué ces notions de politesse depuis ma naissance. Maintenant c'est devenu chez moi un réflexe. Je ne veux pas dire que le mérite m'en revient, mais au moins je sais dire merci.

«Au sujet des banana splits», a-t-il dit, «je trouve que tu t'en es très bien tiré, compte tenu de ton faible pour les bananes.»

Dans le genre bien élevé, il n'était pas mal lui non plus. Il était sans doute allé dans une école à cheval sur les principes ou bien c'étaient ses parents (ou ses tuteurs) qui y faisaient gaffe.

Il m'a suivi jusqu'à l'ascenseur. En regardant les boutons lumineux, il pouvait voir à quel étage je descendais. En entrant, j'ai appuyé sur le bouton du dix-neuvième pour me payer sa tête. En arrivant au dix-neuvième, je suis redescendu à pied jusqu'à mon étage, le quatorzième (ou plutôt le treizième). Si je ne me trompais pas sur son compte, il irait voir les boîtes aux lettres dans le hall, regarderait le nom des locataires du dix-neuvième et essaierait de deviner le mien.

Si je me débrouillais bien, je ne le reverrais plus jamais. Comme nous habitions au même étage, il fallait que je me montre astucieux, mais c'était sûrement possible.

Quand je suis rentré dans notre appartement, Maman était toujours en train de s'activer dans la cuisine. Elle avait accroché au mur une énorme table des calories. J'ai remarqué qu'une banane en apportait 130, une demi-tasse de chou cru râpé, 10 seulement.

«J'ai rencontré un gosse complètement givré qui habite au même étage que nous», ai-je dit en ouvrant la porte du réfrigérateur et en la refermant aussitôt en poussant un grand soupir pour qu'elle le remarque et se montre compatissante.

« C'est bien », a dit Maman. « Tu vois, ce n'est pas si compliqué de se faire des amis quand on s'en donne la peine. »

« Ce n'est pas un ami, et ce n'est pas bien, c'est affreux. Il a des idées tordues et il pense que c'est moi qui suis tordu. »

« Cela prouve qu'il est très intuitif », a dit Maman.

« En plus, il est très nerveux », ai-je ajouté.

« Qui ne l'est pas ? » a-t-elle demandé tout en rangeant les cuillères dans un tiroir. « Il regarde sans doute trop la télévision. C'est mauvais pour le système nerveux. »

C'était sa façon de me sermonner parce que je regardais trop la télévision. « Le dîner est presque prêt, inutile de t'installer pour voir le début d'une émission. »

Comme je venais juste de terminer le banana split, je savais que je serai incapable d'avaler une bouchée.

« Je n'ai pas vraiment faim », ai-je dit. Je savais qu'il y aurait quelque chose comme du foie de veau et du chou-fleur pour le dîner.

« Bon », a dit Maman. « Veux-tu inviter ton nouvel ami ? Il pourrait manger ta part. »

J'ai soupiré. « Ce n'est pas un nouvel ami. Ce n'est rien. Seulement un cinglé qui habite le même étage. Je ne veux rien avoir à faire avec cette larve. Si tu veux savoir ce qui est mauvais pour le système nerveux, c'est bien lui. »

« Eh bien, s'il habite à l'étage, tu seras obligé de le voir souvent », a dit Maman en alignant des épices sur l'étagère à épices. « Vous feriez aussi bien d'être amis. »

« Pas question », ai-je dit avec fermeté. « Je suis en train de mettre au point un système pour ne plus jamais tomber sur lui. C'est vraiment quelqu'un de très énervant. »

Je me suis tiré dans le salon et j'ai allumé le poste de télévision.

« N'oublie pas de remplir le questionnaire de Fairlee », a crié Maman. « Tu ferais mieux de le faire avant d'allumer la télé. » Il y avait quelque chose dans mes conversations avec Maman qui me donnait envie de soupirer. Et j'ai soupiré. Comme si je pouvais oublier le questionnaire.

J'y travaillais tout en regardant un assez bon film, une poursuite entre flics et voleurs. J'avais rempli tout ce qui était nom, âge, taille et poids avec exactitude, sauf que j'avais diminué mon poids de quelques kilos, car j'allais sûrement en perdre quelques-uns d'ici l'automne.

QUELLES SONT VOS VACANCES PRÉFÉRÉES?

En fait, c'est il y a trois ans que j'ai passé mes plus chouettes vacances, quand mes parents ont pris les leurs et m'ont laissé à la maison avec madame Sneedly, la meilleure baby-sitter que j'aie jamais eue. C'était une véritable intoxiquée de télévision. Nous regardions les dessins animés du matin, les jeux, les feuilletons mélo et les films de l'après-midi, les rediffusions, les séries comiques et les tout derniers programmes.

Comme elle n'aimait pas cuisiner de peur de manquer une émission, nous avions des stocks de repas télé, de tartes et de gâteaux congelés. On mangeait quand on en avait envie, c'est-à-dire presque tout le temps. Il nous arrivait de commencer la journée par des gâteaux et des glaces. Parfois nous en mangions aux trois repas.

Quand mes parents sont rentrés deux semaines plus tard, ça a fait un véritable scandale. J'ai eu envie de m'enfuir, de me réfugier dans un cirque ou chez madame Sneedly.

Les vacances. Pour moi les vacances ne sont pas des vacances parce que mes parents sont toujours avec moi. Ce que j'aimerais, ce serait de vraies vacances loin d'eux. Juste pour changer d'ambiance.

Bon, j'en reviens au questionnaire.

QUELLES SONT VOS VACANCES PRÉFÉRÉES ?

Le genre de vacances que je préfère, c'est de voyager avec ma famille, de partager avec elle la joie de découvrir de nouveaux paysages, de nouvelles sonorités, de nouvelles aventures, de nouvelles émotions. J'aime que les vacances élargissent mon horizon, m'exaltent, m'ouvrent l'esprit et me ramènent au train-train quotidien avec de nouvelles perspectives.

Pour pondre ces quelques lignes j'avais manqué trois émissions de télé et le dîner avec Maman. Et maintenant j'étais affamé. Maman prenait une douche et se lavait les cheveux. J'ai pensé que j'avais le temps de me faufiler dehors et d'aller chercher un paquet de bonbons, mais quand j'ai ouvert la porte, Goober était devant l'ascenseur. Dix minutes plus tard j'ai essayé à nouveau, il était toujours là, assis par terre cette fois, les doigts dans le nez en train de m'attendre sans doute. Il allait attendre longtemps. J'ai fouillé dans les placards de la cuisine mais il n'y avait rien d'autre que du saumon en boîte et des conserves du même genre. J'avais vraiment envie de quelque chose de sucré et j'en voulais furieusement à Goober de me barrer le passage debout ou assis. Je n'allais pas sortir de l'appartement tant qu'il resterait planté là. J'ai attendu et regardé à nouveau. Il était toujours là. J'ai entrebâillé la porte légèrement et l'ai observé pendant quelques minutes. De temps à autre il se levait et appuyait sur le bouton de l'ascenseur. Quand il arrivait et que les portes s'ouvraient, il jetait un coup d'œil à l'intérieur, se rasseyait et se fourrait les doigts dans le nez.

Il me fallait renoncer à sortir. Quand je suis allé me coucher, je ne pensais qu'à cette larve, assise dans le couloir, s'interposant entre mon paquet de bonbons et moi.

4. Banane

La semaine suivante j'ai mis au point un plan infaillible pour ne pas me trouver sur le chemin de Goober, ni lui sur le mien. Je ne quittais jamais l'appartement sans m'assurer qu'il n'était pas dans le couloir. Puis je me précipitais dans l'escalier. Comme cela il ne pouvait pas me surprendre en train d'attendre l'ascenseur.

Je descendais l'escalier à pas de loup jusqu'à l'étage suivant ou celui d'après. Là j'allais à l'ascenseur, appuyais sur le bouton d'appel en surveillant le voyant lumineux pour être sûr qu'il ne s'arrêtait pas en route au quatorzième (au treizième). De cette façon j'étais certain de ne pas tomber sur lui.

Ça a marché. La chance était de mon côté. Et puis un jour, j'attendais l'ascenseur au douzième quand tout à coup la porte de la cage d'escalier s'est ouverte, Goober m'observait avec attention.

«Je savais qu'un beau jour, je te retrouverais à un étage ou à un autre», a-t-il dit, «je pensais que tu habitais au dix-neuvième.»

Vous voyez que je l'avais bien jugé ! Il m'avait surveillé pour voir à quel étage je m'arrêtais. J'ai essayé de réprimer un soupir. C'était comme d'étouffer un éternuement.

«En réalité j'habite au treizième», ai-je dit. «Personne ne croit qu'il y a un treizième étage, mais il y en a un et c'est là que se trouve l'appartement du concierge. On ne peut pas y aller par l'ascenseur ou par cette cage d'escalier. Il y en a une autre que personne ne connaît.» Goober m'a interrompu :

«Ce que je voulais te demander, c'est si tu pouvais...»

J'étais sûr qu'il allait me demander un service stupide, alors j'ai continué à parler. «Pour arriver à cette cage d'escalier mystérieuse, il faut emprunter au douzième une porte qui ressemble à une porte de débarras et qui, en fait, conduit au treizième où nous vivons.»

«Si tu n'as rien à faire de particulier en ce moment, tu pourrais peut-être...» a coupé Goober.

«La raison pour laquelle cela doit rester secret», ai-je continué, «c'est qu'autrement tout le monde viendrait frapper chez nous pour demander à mon père de réparer les robinets, les volets, les poignées de porte ou n'importe quoi. Nous n'aurions plus de vie privée et nous aimons avoir une vie privée. Et...»

«Hé», a dit Goober en m'interrompant rapidement pour m'empêcher de lui couper la parole à nouveau, «tu veux venir m'aider à déplacer mon aquarium ? Il faut être deux. Sinon je suis obligé de le vider, de transbahuter mes poissons, les petits graviers et le reste, et ça me prendrait des heures.»

Vous voyez, j'avais raison. Il avait décidé de me demander un service stupide. Il me connaissait à peine et il avait le toupet de me demander de l'aider à déplacer son aquarium pourri. «Pourquoi ne le laisses-tu pas là où il est ?» lui ai-je demandé.

«Parce qu'il est juste à côté du système d'air conditionné et que les poissons risquent de prendre froid. Ils peuvent même attraper une pneumonie.» Le visage de Goober s'est plissé dans tous les sens avec une expression bizarre empreinte d'anxiété.

«Je ne suis pas tellement costaud», ai-je dit

pour gagner du temps et me trouver une excuse. «Je risquerais de le laisser tomber.»

« Après nous pourrions nous faire des banana splits», a-t-il proposé d'un air rusé.

Je réfléchissais. Je n'avais pas mangé grand-chose au petit déjeuner, d'ailleurs je ne mange jamais beaucoup le matin et le banana split me tentait. « Ton père est à la maison ?» Je n'avais pas envie de rencontrer son père. Un Goober me suffisait largement.

«Il n'y a personne à la maison, Papa est à son bureau et Maman chez l'ophtalmo et il faut que je déplace l'aquarium tout de suite. Allez viens, on doit se dépêcher.»

«Pourquoi ne fermes-tu pas l'air conditionné ?» ai-je demandé, sachant la bataille perdue d'avance.

«Je suis allergique à la chaleur», a-t-il dit en se mettant à respirer bruyamment et en se raclant la gorge pour me montrer qu'il était vraiment malade.

J'ai décidé que cela ne me tuerait pas de lui donner un coup de main pour l'aquarium, puisqu'il aimait vraiment ses affreux petits poissons visqueux. Et qu'en plus j'allais me taper un banana split. Je l'ai suivi au quatorzième (au treizième) jusque chez lui. Il y avait le même désordre partout. Les papiers et les livres sur la table de la salle à manger, les cartons sur les meubles du salon. A moins qu'il ne se soit agi de bouquins et de cartons différents. En tout cas, c'était le même foutoir.

J'ai suivi Goober dans sa chambre. Ce devait être sa chambre car il y avait un énorme aquarium sur une étagère, le lit n'était pas fait, et il y avait des tas de vêtements un peu partout. Cela me l'a rendu un peu plus sympathique. Je m'étais imaginé que c'était un de ces types super-ordonnés qui sont de vrais enquiquineurs. Goober était sûrement un enquiquineur, mais au moins il était bordélique. C'était un bon point pour lui.

Il avait déjà prévu comment on s'y prendrait pour déplacer l'aquarium. Il avait placé des tables entre l'endroit où était l'aquarium et celui où il fallait le mettre; on pouvait donc le déménager en trois fois. On l'a posé sur la première table. C'était drôlement lourd et l'eau a giclé partout.

«Ils vont peut-être avoir le mal de mer tes poissons et se mettre à dégueuler. On aurait mieux fait de laisser l'aquarium où il était.»

«Si tu dois dégueuler», a dit Goober avec inquiétude, « essaie de te retenir jusqu'à ce qu'on ait déplacé l'aquarium. »

Goober n'entendait qu'un mot sur dix environ, sauf si c'était lui qui parlait.

Après avoir réussi à poser l'aquarium sur la troisième table, Goober s'est penché pour l'examiner. « Il y a trop de pression sur les joints », a-t-il déclaré, « il faut que je trouve du mastic, sinon on va avoir droit à une fuite. » Il a commencé à ouvrir et à refermer les tiroirs bruyamment et enfin il a dit : « Il faut que je file en acheter, je n'en trouve pas ici, je reviens tout de suite. »

Il est sorti de l'appartement comme une fusée et a claqué la porte derrière lui.

Pendant un moment j'ai regardé les poissons, mais ça n'avait rien d'excitant, alors j'ai inspecté la chambre de Goober, mais ça n'avait rien d'excitant non plus. Une chambre en désordre n'a aucun intérêt, surtout si elle est petite, alors je suis allé dans le salon en attendant le retour de Goober et de son mastic. Pendant ce temps-là j'aurais pu travailler sur le questionnaire ou regarder la télévision.

Au bout de dix heures au moins, j'ai entendu quelqu'un frapper à la porte de l'appartement.

J'ai pensé que c'était Goober et qu'il avait oublié sa clef.

J'ai ouvert la porte et une grande dame mince avec d'énormes lunettes noires est entrée.

«Je ne pouvais même pas trouver le trou de la serrure, mon chéri», a-t-elle dit, «avec ces horribles gouttes dans les yeux et ces affreuses lunettes, je n'y vois pratiquement rien. Je *lui* avais pourtant dit que je ne voulais pas de gouttes.»

Elle est entrée dans le salon. «Sois un amour, trouve-moi mon manteau blanc. Je ne sais pas ce que je vais devenir, mon petit garçon, je suis aussi aveugle qu'une chauve-souris, et en plus je dois aller déjeuner chez Helen Barsley. Il fait toujours dix degrés au-dessous de zéro dans son appartement. Ce n'est pas surprenant qu'elle attrape tout le temps froid. On se croirait au pôle Nord chez elle. Je ne sais vraiment pas pourquoi j'ai accepté d'y aller. Mon manteau blanc, chéri, dans le placard.»

J'ai décroché un manteau blanc dans le placard et le lui ai tendu.

«Au fait, mon ange», a-t-elle dit, «ton père m'a parlé de ton nouvel ami, le fils du concierge, le garçon-banane c'est ça? Si j'étais toi, je n'encouragerais pas cette amitié. Il semble qu'il n'ait pas une très bonne influence sur toi. Ce n'est pas parce qu'il te fait pitié que tu dois le prendre pour ami. Je suis certaine qu'il y a dans l'immeuble des tas de garçons sympathiques avec qui tu pourrais avoir plus d'affinités. Des garçons du même milieu, ayant reçu la même éducation, partageant les mêmes idéaux que toi, mon chéri. Ce garçon semble très, très étrange.»

Elle a jeté le manteau sur ses épaules, comme une cape.

«Les déjeuners chez Helen Barsley me terrifient. Il y a toujours sur ses toasts des trucs bizarres à la crème, à la fois douceâtres et mous, impossible à identifier. Quand tu te forces à les avaler, tu imagines le pire.»

En ouvrant la porte, elle m'a souri: «N'oublie pas de déjeuner, mon trésor.»

Je déteste les gens qui critiquent les mères des autres, donc je ne dirai rien de plus, mais j'étais bigrement content qu'elle ne soit pas ma mère.

J'ai continué à tourner en rond, examinant les tableaux accrochés aux murs, tous très modernes, du genre dont on pense qu'on pourrait en faire autant si on en avait le courage. Finalement, Goober est revenu avec le mastic pour l'aquarium et nous l'avons casé à l'endroit où il voulait.

J'avais bien mérité un banana split. Pendant que nous les préparions, Goober a demandé: «Combien as-tu de frères et sœurs?»

J'ai répondu: «Neuf. Dix en me comptant. Ce qui fait que ma parentèle de ce côté-là est de neuf. *Parentèle*, dans ce cas précis, veut dire frères et sœurs.»

«Je le sais», a dit Goober. «J'aurais moi-même employé ce mot si j'avais été sûr que tu le comprennes. T'es plutôt cultivé pour ton âge.» Il faisait tellement de grimaces que son visage était encore plus affreux que d'habitude. «Si je t'ai posé cette question, c'est que lorsque j'ai parlé de toi à mon père, il a pensé que les symptômes que tu manifestais étaient sans doute dus à une surpopulation du cocon familial. Anxiété, désir d'attirer l'attention, sont les manifestations courantes de...»

«Il a sans doute raison», ai-je dit, en comptant les cacahuètes de mon banana split. Vingt-sept.

On a emporté nos banana splits dans le salon et on s'est assis par terre.

«Parfois, il faut quelqu'un d'extérieur pour voir les choses objectivement. Je pense t'avoir aidé », a décrété Goober, en commençant d'écraser sa banane. « Tu es capable maintenant de manger une banane sans avoir de haut-le-cœur. Quand je t'ai rencontré, rappelle-toi, tu étais drôlement nerveux au sujet des bananes. »

« Ne te figure pas que je n'ai plus de problèmes », ai-je dit. « Ce n'est pas parce que maintenant je mange mon banana split avec un calme relatif que cela signifie que c'est toujours comme cela. En fait je souffre intérieurement. »

« C'est très compréhensible », a dit Goober en écrasant sa banane. « Mais maintenant que tu as pris conscience de ton problème, il te sera plus facile de le surmonter. La bataille est en partie gagnée. »

Bon Dieu, que deviendrait Goober quand il aurait trente, quarante, cinquante ans, aujourd'hui c'était déjà un petit vieux !

En le regardant, je me suis mis à penser à la suite du questionnaire de Fairlee :

ENTRE TOUTES, QUELLE QUALITÉ ATTENDEZ-VOUS D'UN AMI ?

La bouche grande ouverte, Goober postillonnait de la banane mâchée qui lui barbouillait le visage.

En premier, un ami devrait manger la bouche fermée.

Il a recommencé à parler. Ecœuré, j'ai regardé ailleurs.

«En réalité, une grande partie de tes problèmes vient du fait que...»

La première raison pour laquelle je choisis un ami, c'est qu'il garde pour lui l'analyse qu'il fait des problèmes inhérents à ma personnalité.

J'ai avalé la fin de mon banana split. Il fallait que je termine ce questionnaire. Qu'arriverait-il si je l'envoyais en retard, uniquement parce que je ne trouvais rien à dire?

Ce soir-là je n'ai presque pas regardé la télé. A l'exception de deux ou trois émissions que je ne pouvais absolument pas manquer. Le reste du temps, j'ai travaillé sur le questionnaire.

ENTRE TOUTES, QUELLE QUALITÉ ATTENDEZ-VOUS D'UN AMI?

Je recherche d'abord la sincérité parce qu'un ami sincère est honnête. Une véritable amitié doit être honnête.

Cette réponse m'a pris un temps fou et je l'ai recommencée au moins dix fois, avant d'en être satisfait.

5. Les astres y sont pour beaucoup

Je suis descendu dans le hall pour prendre le courrier. A chaque fois que j'allais dans le hall, je jetais toujours un œil dans la boîte aux lettres, même si je l'avais fait dix minutes avant.

Un croassement derrière moi m'a fait sursauter: «Youpee! c'est enfin arrivé!»

Je me suis retourné. Goober brandissait une enveloppe comme s'il s'agissait d'un drapeau. Je me suis éloigné rapidement de notre boîte aux lettres pour qu'il ne voie pas laquelle je m'apprêtais à ouvrir.

Son regard allait de moi à l'enveloppe et vice versa. «Tu sais ce que c'est que ça?» a-t-il demandé. J'ai secoué la tête.

«Un truc que j'ai commandé par correspondance. Ça fait trois semaines que je l'attends. Tout notre courrier arrive en retard parce qu'on le fait suivre ici, tu comprends?» Ses boutons flamboyaient, les yeux lui sortaient de la tête, ses étranges dents noirâtres brillaient.

«C'est quoi ce que tu as commandé ?» lui ai-je demandé avec circonspection.

Il a déchiré l'enveloppe. «Regarde !» a-t-il dit en sortant de l'enveloppe une feuille de papier rose. «C'est mon horoscope. Mon horoscope à moi. Je l'ai commandé par correspondance. Avec la date et l'heure exacte de ma naissance, l'endroit où je suis né. Tout cela est très scientifique, tu sais.» Il a froncé les sourcils une seconde. Puis il a jeté un coup d'œil sur la feuille de papier rose, a murmuré : «Très, très intéressant, cela me sera très utile.»

«Je ne savais pas que tu t'intéressais à l'astrologie», ai-je dit en m'éloignant encore de notre boîte aux lettres pour qu'il n'ait aucun indice sur qui j'étais en réalité ni où j'habitais.

«Je m'intéresse à tout», a-t-il déclaré. «Plus tard je ferai le tri et je choisirai les centres d'intérêt sur lesquels je déciderai de concentrer mon attention.» A nouveau, il a regardé la feuille de papier rose puis il a louché dans ma direction. «Si tu veux je peux commander un horoscope pour toi.» Il a sorti de sa poche un bout de crayon. «Tu me donnes simplement ton nom, ta date et ton lieu de naissance.» Astucieux, non ?

«Je ne m'en souviens pas», ai-je répondu.

Il a insisté : « Ça ne coûte que 25 cents. »

« Je demanderai à mes parents, peut-être s'en souviendront-ils, eux. Et je te le dirai. » J'ai essayé de me défiler. Il m'a suivi.

« Grâce à ton horoscope, tu apprendrais beaucoup de choses. Tu saurais pourquoi tu es différent des autres. Les astres y sont pour beaucoup. Ça pourrait t'aider à résoudre tes problèmes. »

J'ai continué à m'éloigner et lui à me suivre, le visage déformé par des grimaces, mais d'une manière différente cette fois. Je n'ai jamais rencontré quelqu'un qui change de visage aussi souvent en ne réussissant qu'à s'enlaidir.

Il fallait que je me débarrasse de lui à n'importe quel prix. Je me suis dirigé vers l'ascenseur. Je lui ai tenu la porte poliment pendant qu'il entrait et l'ai suivi, en maintenant toujours la porte ouverte. Puis je l'ai lâchée et j'ai bondi rapidement hors de l'ascenseur. « J'ai oublié quelque chose, à bientôt ! » ai-je dit, tandis que la porte se refermait.

Victoire. Il ne savait toujours pas qui j'étais ni où j'habitais. Mais je savais que ce n'était qu'un répit.

J'ai décidé de grimper jusqu'au quatorzième (treizième) pour libérer mon système nerveux de son trop-plein d'adrénaline. Il fallait absolument que je travaille aujourd'hui au questionnaire. Quand je n'avais pas à me préoccuper d'échapper à Goober, c'était le questionnaire qui me préoccupait. En ce moment précis cela me faisait du bien d'oublier Goober au profit du questionnaire. C'était exactement comme d'avoir mal aux dents et de se laisser tomber un pavé sur le pied pour oublier la rage de dents.

Je suis enfin arrivé à notre étage. Je me suis installé hors d'haleine devant la télévision, le questionnaire près de moi. Les escaliers et la rencontre avec Goober m'avaient complètement crevé.

Le paragraphe sur les loisirs était l'un des passages les plus difficiles. Ils avaient laissé un grand espace qu'il fallait remplir, ce qui signifiait qu'ils s'attendaient à ce qu'on ait beaucoup de choses à y mettre.

MES LOISIRS ET POURQUOI JE LES AI CHOISIS

Je n'avais pas de loisirs. *Regarder la télévision* n'était pas digne d'un élève de Fairlee.

Je n'avais jamais eu besoin d'avoir des loisirs spéciaux, mais maintenant si. J'avais décidé la veille d'écrire que la lecture était un de mes loisirs préférés parce que ça faisait intellectuel et j'avais même trouvé les raisons de ce choix.

Lire me stimule l'esprit et me permet de vivre la vie des autres en me substituant à eux. Ce qui contribue à élargir mon propre horizon intellectuel.

J'avais vraiment potassé cette question-là. J'ai omis de préciser que je lisais seulement des bandes dessinées et des histoires policières.

Assis devant la télévision, j'ai relu ces lignes sur ma passion pour la lecture. Il ne fallait pas que j'aie l'air trop intellectuel non plus. Un élève de Fairlee est un garçon équilibré. Je devais donc trouver quelque chose pour contrebalancer ce passage.

Subitement j'ai pensé à Goober et à ses poissons et comme deuxième loisir j'ai écrit : *élevage de poissons tropicaux.* En fait c'était vrai en partie, si je n'avais pas été là, les poissons de Goober seraient morts. Mais pourquoi avais-je choisi cela plutôt qu'autre chose, je n'en avais pas la moindre idée. J'ai relu une fois de plus le dépliant sur Fairlee, cherchant l'inspiration.

Il y avait une photo des élèves de Fairlee, les yeux fermés, autour d'une table de la salle à manger. J'étais persuadé qu'ils n'étaient pas tous en train de dormir mais qu'ils récitaient le bénédicité ou une autre prière. Je pouvais peut-être ajouter un couplet sur la religion, ou sur Dieu, ou sur les deux. Finalement j'ai écrit :

Apprendre à mieux connaître les créatures bénies par Dieu me permet de comprendre et d'apprécier les différents aspects de la vie en ce monde.

Au-dessous de cela, j'ai failli écrire *Amen.* Pour la seconde fois, j'avais utilisé le mot *permet*. Peut-être ne s'en apercevraient-ils pas. Il me semblait plus intellectuel que *aide*.

Je me demandais si mentionner deux loisirs était suffisant. Ce n'était sans doute pas assez pour l'éclectisme bien connu des élèves de Fairlee. Il y avait encore beaucoup d'espace à remplir.

Je devais mentionner un sport qui me dépeigne comme quelqu'un de vraiment éclectique. Je n'arrivais pas à trouver quelque chose que je puisse citer sans prendre de risque. Quel que soit ce sport, si jamais j'entrais à Fairlee, on s'attendrait naturellement à ce que je sois en mesure de le pratiquer. J'ai abandonné le questionnaire pour me concentrer sur la télévision. Je puise beaucoup de mes idées à la télévision. Ça c'est sûr. Il y avait une pub pour une boisson non alcoolisée où l'on voyait deux alpinistes escalader une montagne, de plus en plus haut, arriver enfin au sommet pour y trouver la fameuse boisson sans alcool.

Pourquoi ne pas prendre l'alpinisme comme troisième passe-temps ? Il n'y avait pas la moindre colline autour de Fairlee, il leur serait donc impossible de savoir si oui ou non j'étais capable d'escalader une montagne. J'ai réfléchi à cela au cours des deux émissions suivantes et finalement je me suis décidé. J'ai écrit : *troisième loisir, l'alpinisme,* et j'ai donné comme raison la suivante :

Se mesurer à une montagne c'est se dire : « Puisqu'elle est là devant moi, je dois arriver au sommet. » La montagne représente le meilleur de moi-même, mon but est donc d'atteindre mes limites extrêmes.

Extra. J'avais un peu forcé la note sur le côté exagéré et grandiloquent mais rien ne pouvait être trop exagéré et trop grandiloquent pour une école comme Fairlee. Une école qui dans son dépliant débitait des fadaises du style : « Confiez-nous aujourd'hui votre enfant, demain nous vous renverrons un homme », ou bien : « Avec force, fierté et une joie sereine, je peux dire "Je fais partie de Fairlee" », serait sûrement impressionnée par n'importe quelle salade que je pouvais balancer.

Au moins le passage sur les loisirs était terminé.

Lecture
Elevage de poissons tropicaux
Alpinisme.

Mais j'avais dû négliger le seul qui me tenait à cœur – regarder la télé – pour m'inventer des loisirs imaginaires. J'allais me rattraper dès que j'aurais posté ce fichu questionnaire.

6. Une idée de génie

Maman avait décidé d'organiser un bridge à la maison. Comme cela se passait l'après-midi et qu'il était d'usage de servir à cette occasion des amuse-gueules, elle s'était dit qu'elle ferait comme tout le monde.

La partie de bridge était fixée pour le lendemain. Le nez dans un livre de cuisine – cuisiner n'était pas son fort – elle bougonnait : « Si seulement mes invitées se contentaient de carottes râpées ! »

Subitement j'ai eu une idée. « Et si tu leur faisais des banana splits ? Je pourrais aller chercher tous les ingrédients et les préparer moi-même. Tu n'aurais pas à t'en occuper. »

« C'est une idée de génie », a-t-elle dit en riant et en refermant le livre de cuisine. « Va pour des banana splits. Plus c'est nourrissant, mieux c'est. En plus ça va les épater. » Pensive, elle m'a regardé : « Un banana split ne peut pas te faire de mal. »

Elle m'a donné de l'argent pour acheter les

ingrédients et je suis parti. Automatiquement j'ai descendu à pied deux étages avant de prendre l'ascenseur. Je n'avais pas vu Goober depuis un certain temps et avec un peu de chance et une certaine organisation, je ne le reverrais sans doute jamais. Ça valait mieux, car à chaque fois qu'il apparaissait, j'en avais pour des heures à me remettre de la décharge d'adrénaline qu'il provoquait dans mon organisme.

Je suis revenu avec deux énormes sacs en papier pleins de chocolat, de vanille, de glace à la fraise, de sauce au caramel, de sirop de chocolat, de monceaux de guimauve, de cacahuètes, de cerises au marasquin et de régimes de bananes; plein de régimes de bananes. J'ai cru qu'il me faudrait faire deux voyages mais finalement je me suis débrouillé. Un vrai travail d'athlète! Si vous aviez vu les deux énormes sacs. Je ne suis pas tellement costaud mais j'ai un bon équilibre.

Au moment où j'allais entrer dans l'ascenseur, en changeant les sacs de bras, un petit garçon à l'allure délurée, la morve au nez, en est sorti.

«Tu veux que j'appuie sur le bouton pour toi?» a-t-il demandé.

J'ai approuvé de la tête: «Quatorzième, merci.»

Il a appuyé sur tous les boutons les uns après les autres et il a filé, s'est retourné en ricanant : « Prends le train crétin, bon marathon faux jeton, amuse-toi bien vaurien, fais bonne route vieille croûte, tra, tralalère, tra, la. » Si j'avais pu l'attraper, je l'aurais secoué jusqu'à ce que ses dents se déchaussent, mais il n'en était pas question pour le moment.

J'étais donc dans un ascenseur qui allait s'arrêter à chaque étage sans exception. Ouverture des portes, pause, fermeture des portes. Et rebelote, treize fois !

J'ai soupiré. J'avais mal aux bras avec tous ces paquets. Je me suis adossé dans un coin de l'ascenseur et me suis laissé glisser jusqu'à être assis par terre, les deux sacs dans les bras.

Juste avant que les portes ne se referment, un homme mince, chauve, le front barré d'une longue mêche de cheveux noirs et raides, est entré en courant dans l'ascenseur. Il était hors d'haleine, transpirait abondamment et ne cessait pas de s'éponger la tête avec son mouchoir.

Comme l'ascenseur s'arrêtait à chaque étage, il s'est mis à soupirer et s'est retourné vers moi pour me regarder comme si j'étais responsable. J'ai haussé les épaules d'un geste résigné pour lui montrer que j'étais aussi innocent et écœuré que lui.

Au septième étage les portes de l'ascenseur se sont ouvertes et Goober a fait son apparition.

«Salut P'pa», a-t-il dit en entrant dans l'ascenseur. «J'ai été porter les livres à M. Holloway comme je te l'avais promis.»

«Merci Goober», a dit le père de Goober.

Goober ne cessait pas de parler. Il ne m'avait pas vu. «Il te fait dire qu'il se sent beaucoup mieux et il te remercie pour tous les livres que tu lui prêtes.»

Puis il a regardé autour de lui, m'a vu, et a cligné des yeux. Il a évidemment remarqué les régimes de bananes sur le dessus des deux sacs.

«Tu ne risques pas d'en manquer», a-t-il dit.

J'ai fait semblant de bâiller. «C'est normal, j'ai fait des provisions, parce que j'ai décidé d'hiberner», et j'ai fermé les yeux.

«Papa, c'est le garçon dont je t'ai parlé», a chuchoté Goober. «Le fils du concierge. Celui qui a des problèmes avec les bananes.»

J'ai gardé les yeux fermés, mais je savais que son père se retournait pour me regarder.

Goober a continué de chuchoter.

Ouverture des portes, pause, fermeture et

ainsi de suite, deux ou trois fois. On devait être au quatorzième. J'ai ouvert les yeux. Le père de Goober avait passé son bras autour des épaules de son fils comme s'ils étaient vraiment copains. Je pouvais deviner ses pensées. Il devait se dire «Je n'ai peut-être pas le plus joli garçon de la terre, mais au moins il est sain d'esprit.»

Sur le plan du copinage mon père pouvait en remontrer au père de Goober, c'était évident. Je n'ai pas bronché quand ils se sont préparés à sortir au quatorzième. Goober tenait la porte ouverte. Il m'a demandé: «Tu veux que je t'aide à transporter tes bananes?»

J'ai changé de position, et je pense que je leur ai donné l'impression que je m'accrochais à mes bananes.

«Ne t'inquiète pas, nous n'allons pas te les prendre», a dit le père de Goober. Ils échangeaient de rapides coups d'œil et j'ai capté leur message silencieux: «Nous devons jouer son jeu, ne pas l'effrayer, tu sais comment sont ces cinglés.»

Le père s'est tourné vers moi aimablement et m'a dit:

«J'ai cru comprendre que ton père était le concierge de l'immeuble. Peut-être serais-tu assez gentil pour lui dire que le robinet de la cuisine fuit.» Il s'est arrêté, puis: «Je suis Otto Grube, le père de Goober», a-t-il dit poliment.

«Enchanté, M. Grube», ai-je répondu. Ils attendaient tous les deux que je leur dise mon nom, et naturellement je l'aurais fait automatiquement, car c'est un réflexe de bonne éducation, mais les portes se sont refermées avant que j'aie pu ouvrir la bouche. Dieu merci, ils ne savaient toujours pas mon nom de famille.

Dès que l'ascenseur est arrivé au quinzième, je me suis levé et me suis dirigé au pas de course vers la cage d'escalier avec mes deux sacs. L'un d'eux était sur le point de se déchirer, j'en étais sûr, et c'est arrivé, alors que j'étais au milieu de l'escalier. Quelle pagaille! Cela m'a pris un temps fou pour tout rassembler dans l'appartement en courant de la cage d'escalier à notre porte et vice versa, avec en plus la frousse que Goober sorte de son appartement et me voie.

«Mais qu'est-que tu fabriques?» m'a demandé Maman alors que j'en étais à mon troisième voyage avec la glace, les boîtes de sirop et les régimes de bananes.

«C'est trop compliqué à expliquer», lui ai-je répondu. «Mais ça a un rapport avec ce caractériel qui habite sur le même palier. Il me rend malade. »

« Ah », a dit Maman en hochant la tête.

On a tout déballé et je me suis préparé en vitesse un banana split pendant que Maman prenait une douche. Ensuite je suis allé regarder la télé et travailler à mon questionnaire.

QUI, SELON VOUS, EXERCE LE PLUS D'INFLUENCE SUR VOTRE VIE EN DEHORS DES MEMBRES DE VOTRE FAMILLE ?

Eh bien, mis à part Papa et Maman, il n'y avait personne dans ma vie. Excepté Goober bien sûr.

Bien que je taise son nom de crainte de mettre mal à l'aise ce charmant vieux monsieur, l'influence la plus importante exercée sur ma vie est celle de ce simple et modeste voisin. Nous échangeons nos idées et nos sentiments les plus intimes. Nous nous posons mutuellement des questions sur la finalité de la vie. Je fais appel à lui dès que j'ai un problème. Il est toujours présent, toujours prêt à approfondir une question ou à faire un commentaire plein de justesse. Sans cet ami plus âgé que moi, ma vie serait totalement différente et n'aurait pas le même sens, il y manquerait quelque chose.

Ce qui me manquerait naturellement, ce serait cette sensation agaçante que Goober était en train de me rendre dingue.

Le lendemain, juste avant la partie de bridge, j'ai réalisé que j'avais mangé toutes les cacahuètes prévues pour les banana splits, je suis donc parti en acheter d'autres.

Au retour, je suis sorti de l'ascenseur au quinzième, comme d'habitude, et je suis descendu à pied jusqu'à notre étage. J'ai jeté un rapide coup d'œil – pas de Goober. Je commençais à être furieux après lui et après moi, car enfin, pourquoi est-ce que je me sentais obligé de raser les murs de cette manière-là ? Uniquement parce que je refusais d'avoir Goober sur le dos tout l'été ?

J'arrivai à la porte de notre appartement et commençai à tourner ma clef dans la serrure. Ça ne marchait pas. La clef tournait, mais la porte était bloquée.

J'ai frappé et Maman est arrivée de l'autre côté. Elle a essayé de tirer dessus et moi de pousser et rien n'a bougé. « C'est bloqué », a-t-elle crié, à travers la porte. « Je vais appeler le concierge. »

« Il faut pousser un peu plus fort, c'est tout », ai-je dit, et j'ai recommencé à pousser. Rien.

«Ecarte-toi, Maman», ai-je crié. J'ai reculé de quelques pas et j'ai pris mon élan pour cogner la porte avec mon épaule.

«Je vais essayer une ou deux fois encore», ai-je dit à travers la porte. J'ai reculé et me suis précipité de tout mon poids sur cette fichue porte.

Celles de l'ascenseur se sont ouvertes et Goober en est sorti. Il m'a vu tandis que je tentais un nouvel essai. Cette fois ça a marché, et j'ai fait un vol plané à l'intérieur de notre appartement, Goober sur mes talons.

Il s'est mis à crier: «Arrête!»

Puis il a vu Maman debout au milieu du salon, l'air surpris, et il a hurlé: «Donnez-lui vos bananes, donnez-les-lui toutes! Ne discutez pas, ne résistez pas!»

Se retournant vers moi, il a dit (d'une voix apaisante): «Allons, du calme, cette dame charmante va te donner toutes les bananes qu'elle possède, ne t'inquiète pas, ensuite tu pourras venir chez moi. Nous avons tout un stock de bananes, je te le jure, nous en avons acheté une cargaison ce matin. Nous veillerons à ce que tu aies autant de bananes que tu veux. Mais ne fais pas de mal à cette femme innocente.»

Maman s'est mise à rire, Goober s'est tourné vers elle et lui a dit: «Tout va bien, madame, ne piquez pas de crise de nerfs, je vous en prie. Vous l'avez échappé belle, mais tout va bien maintenant.»

Il m'a regardé d'un air furieux. «Tu as dépassé les bornes cette fois! Enfoncer des portes! Menacer une femme innocente! Il faut absolument qu'un psychiatre te prenne en main. Je demanderai à mon père. Il a des relations. Il peut t'aider.»

Maman s'est assise sur le divan, riant toujours.

«En fait, voilà ma mère», ai-je dit froidement. Je ne voyais pas ce qu'il y avait de drôle dans tout cela. J'en avais par-dessus la tête de Goober.

Ses boutons ont commencé à rougeoyer. «Menacer un étranger, c'est une chose, mais ta propre mère, c'est vraiment méprisable.»

Il s'est tourné vers Maman: «Je suggère, si vous avez des bananes, de les lui donner immédiatement, afin d'éviter un autre incident désagréable. Peut-être ne l'aviez-vous pas réalisé jusqu'à maintenant, mais votre fils fait une étrange fixation sur les bananes. Parfois, les parents sont les derniers à s'apercevoir que...»

«Merci de me prévenir», a dit Maman. «Jonah, je ne crois pas que tu m'aies présenté ton ami. »

Mon ami ! J'ai regardé Goober avec fureur. « Voilà ma mère, voilà Goober Grube qui habite à cet étage. »

Goober n'écoutait pas. « Votre fils peut vous sembler parfaitement normal, cependant... »

« Mais non, pas du tout, au contraire », a dit Maman en souriant, « aimerais-tu rester et prendre du jus de carottes ou autre chose ? »

« Je serai content de rester jusqu'à ce qu'il se calme. Voulez-vous, pour plus de précaution, que j'aille chercher mon père, je peux le contacter. Il est déjà au courant des problèmes de votre fils. »

Maman lui a souri. « Ce n'est peut-être qu'une apparence », a-t-il dit comme si je n'étais pas là. « Il peut être docile et raisonnable sur le moment, et se déchaîner l'instant d'après. Les bananes semblent déclencher chez lui un bien curieux comportement. »

« Je n'y ai jamais songé », a murmuré Maman, « et il y a tellement de bananes ici, qu'il pourrait devenir violent. » Elle s'est remise à rire. « Aujourd'hui, Goober, j'organise une petite réception. Tu ne veux pas rester et aider Jonah à préparer des banana splits ? »

«J'en serai ravi», a dit Goober. Il m'a jeté un regard et s'est tourné vers Maman.

«Je vais faire un saut chez moi pour me changer, je reviens dans un instant. Vous êtes sûre que ça va aller?»

Maman a hoché la tête: «S'il pique une nouvelle crise, je crie. Vous m'entendrez, quand je crie, je crie très fort.»

Une fois de plus, les grimaces ont déformé le visage de Goober, mais son masque cette fois reflétait une sainteté quasi angélique. Une véritable sainte nitouche! Et puis il est parti.

«Un gentil garçon et bien élevé», a dit Maman.

«Un véritable détraqué plutôt», ai-je répliqué.

«Chacun son point de vue. Il semble penser, lui, que tu es fou à lier.»

«Je le deviendrai à coup sûr, si je continue à le fréquenter», ai-je dit.

«Il a l'air d'un garçon plutôt brillant», a dit Maman.

«Il brille surtout par sa nullité», ai-je soupiré.

Quand Goober est revenu quelques minutes plus tard, j'ai vu qu'il avait changé de short et de chemise, et aplati ses cheveux avec de la gomina. Ça ne l'arrangeait pas.

Les invitées ont commencé à arriver. Goober et moi nous nous sommes réfugiés dans la cuisine. Nous étions convenus avec Maman que je n'aurais pas à rencontrer toutes ces bonnes femmes. Une douzaine de femmes, ça équivaut à un million de questions et encore!

Goober et moi étions chargés de préparer les banana splits et de la prévenir quand ils seraient prêts. Nous partirions ensuite chez lui par la porte de derrière en emportant les nôtres. J'aiderais Maman à faire la vaisselle plus tard.

Goober et moi avons étalé sur la table tout ce qu'il fallait pour faire les banana splits. On avait décidé qui ferait quoi. Les boules de glaces: Goober; les sauces: moi; les bananes: Goober; les cacahuètes: moi; la guimauve: Goober; les cerises au marasquin: moi.

On se serait cru dans un bloc opératoire. Une atmosphère à la fois tendue et silencieuse. C'était le moment d'«opérer» les bananes. Goober m'a jeté un coup d'œil. «Tu as un saladier?» a-t-il chuchoté.

J'ai acquiescé et j'en ai sorti un d'un placard. «Il faut laver les bananes», a-t-il dit.

«Pourquoi?», lui ai-je demandé. «Personne ne mange la peau.»

«Je croyais que tu lavais toujours tes bananes», a dit Goober.

«Tu es fou», ai-je dit. «L'autre jour quand tu voulais de l'eau pour tes poissons, j'avais cru que...»

Mais c'était trop compliqué à expliquer. Goober a trempé délicatement chaque banane dans le saladier rempli d'eau avant de la peler en me jetant un coup d'œil inquiet à chaque fois. «Tu es sûr que ça ne te fait rien si je les coupe?», a-t-il demandé, les yeux hors de la tête. «Ça fait beaucoup de bananes à tuer.»

«Je vais te dire une chose», ai-je chuchoté, «tu les coupes, mais je ne regarderai pas. D'accord?»

Il s'est mis au boulot. Il fallait aller vite avant que la glace ne fonde.

Après avoir garni toutes les bananes, j'ai sifflé pour que Maman rapplique. Elle est arrivée dans la cuisine et a sursauté devant les assiettes débordantes de crème, puis elle s'est mise à rire.

«Vraiment dément», a-t-elle chuchoté. «Je n'ai pas fini d'en entendre parler!»

Goober et moi, selon le plan prévu, avons pris nos banana splits, avant de filer chez lui par la porte de derrière.

On s'est assis par terre dans le living comme d'habitude puisqu'il n'y avait pas de place ailleurs.

«Tu as exagéré quant au nombre des gens de ta famille», a dit Goober en touillant sa glace. «Il n'y a pas suffisamment de place dans ton appartement pour dix enfants, c'est-à-dire pour une famille de douze personnes. Tu as menti non seulement au sujet de ta famille mais aussi sur l'emplacement de votre appartement», a-t-il ajouté d'un air accusateur.

Il ingurgitait sa glace en faisant des bruits dégoûtants, l'avalait, la mâchait, rotait. Je ne disais rien. Puis il a dit:

«Tu as probablement menti parce que tu as quelque chose à cacher. Tes parents sont peut-être divorcés. Aujourd'hui c'est moins rare qu'autrefois, il n'y a pas de quoi en avoir honte. En grandissant, tu t'apercevras que seule la vérité compte. Comme tu es mal dans ta peau, tu t'es cru obligé de fabuler.»

«Ce n'était qu'une histoire idiote, racontée par un idiot et qui ne signifiait rien», ai-je murmuré.

«En réalité, compte tenu de ta passion pour les bananes, tu t'es très bien sorti des préparatifs de la réception. Ta mère est pleine de bon sens. T'entourer d'une flopée de bananes était de sa part particulièrement judicieux. Etant exposé à… »

J'avais essayé de réfléchir à ce que je pourrais bien inventer au sujet de ma future carrière à la rubrique : AMBITIONS PROFESSIONNELLES, sur le questionnaire de Fairlee. Et je commençais à envisager de mettre « psychiatre ». Si je continuais d'écouter Goober, je serais capable d'utiliser un double langage et de devenir expert dans l'art de raconter des histoires.

Il continuait à bavarder, en renversant de la crème sur sa chemise. Il disait : « Tu dois avoir des complexes de culpabilité inexprimés ou des angoisses refoulées – ce qui te fait souffrir sans que tu en aies conscience. Ton problème se manifeste par la fixation que tu fais sur les bananes et la manière que tu as de l'éluder. Cela t'empêche de prendre conscience de ton véritable potentiel. »

Pendant que nous terminions nos banana splits, j'avais mis au point le paragraphe du questionnaire sur :

POURQUOI J'AI CHOISI LA PROFESSION DE PSYCHIATRE

J'ai choisi la psychiatrie parce que j'aimerais aider mes malades à affronter les complexes de culpabilité et les angoisses qui les tourmentent, ce qui les empêche de se réaliser pleinement.

Il fallait que je vérifie l'orthographe de certains mots mais sans aucun doute tout cela avait un accent de vérité.

7. C'était sans espoir, inutile de me donner trop de mal

Maintenant que Goober savait où j'habitais, je n'avais plus aucune chance de lui échapper. Il débarquait à n'importe quelle heure du jour. Il parlait pendant que je regardais la télévision. J'avais beau mettre le son de plus en plus fort, il haussait le ton lui aussi de plus en plus. J'ai essayé de me débarrasser de lui, mais c'était comme d'essayer de se débarrasser d'un rhume d'été qui n'en finit pas. Quand vous pensez avoir enfin éternué pour la dernière fois, voilà que ça recommence.

Pendant quelques jours, il ne se montrait pas. Je commençais à respirer, quand il faisait son apparition à la porte sous le prétexte d'un truc urgent ou simplement pour s'asseoir chez nous et gâcher ma journée.

Entre-temps, je travaillais sur le questionnaire. En réalité je dois admettre que je m'inspirais des idées de Goober et que j'utilisais pas mal de choses qu'il disait, ce qui m'a considérablement aidé, pour des sujets comme par exemple: «Donnez votre point de vue sur les résultats de la guerre du Vietnam», ou «Avez-vous un idéal politique?»

Je le faisais parler, prenais des notes mentalement, et je n'avais plus qu'à les mettre par écrit après son départ. C'est comme cela que j'ai terminé le questionnaire sans trop me creuser la tête. J'avais évidemment différé les questions épineuses.

QUELLE EST L'IMAGE QUE VOUS VOUS FAITES DE VOUS-MÊME? VOUS TROUVEZ-VOUS TROP GRAND, TROP PETIT, TROP GROS, TROP MINCE?

PENSEZ-VOUS QUE VOUS DONNEZ UNE IMAGE DE VOUS AUSSI BONNE QUE CELLE DE VOTRE VOISIN?

J'avais longuement réfléchi à cette dernière question. Si j'admettais que j'étais trop petit et trop gros, peut-être ne me laisseraient-ils pas entasser beaucoup de provisions dans le réfrigérateur que j'allais avoir bientôt à ma disposition. De toute manière, ils ne le feraient sans doute pas non plus, quand ils me verraient. Non pas que je sois vraiment gros de nature, c'est plutôt qu'en ce moment je traverse une période difficile sur ce plan-là.

Finalement j'ai écrit :

L'image de soi n'est pas seulement celle que reflète le miroir. Quand je me regarde au travers du regard des autres, je vois un jeune garçon qui n'est pas encore sorti de l'adolescence, mais il se transformera et progressera. Je crois profondément dans la vieille expression latine : « Mens sana in corpore sano » que je traduis ici par : un esprit sain dans un corps sain.

Quant à donner ou non une aussi bonne image que celle de mes semblables, je tiens à dire que je ne m'attache pas aux imperfections de mes amis mais plutôt à la vraie personnalité qui transparaît dans leur regard. J'espère qu'eux aussi s'intéressent davantage à mon moi caché qu'à l'image du jeune garçon que j'offre à tout un chacun.

Après avoir écrit ces quelques lignes, je me suis levé et me suis regardé dans la glace. Si quelqu'un pouvait discerner en moi un moi caché, c'est que ses yeux étaient meilleurs que les miens.

Papa était en déplacement. Maman était sortie avec des amis pour dîner et voir je ne sais quel spectacle. J'étais installé devant la télévision, avec la perspective de passer une soirée superbe. J'avais envoyé le questionnaire à Fairlee, je me sentais débarrassé et détendu. De plus je n'avais pas vu Goober de la journée, ce qui avait permis à mon estomac et à mes nerfs de se calmer.

Je venais à peine de régler le poste sur mon émission préférée, mon hamburger se réchauffait doucement, et j'avais près de moi une grosse boîte de bretzels pour me faire patienter, quand on a frappé à la porte.

C'était Goober. Ses yeux étaient exorbités et ses boutons plus bleus que roses. Quand j'ai ouvert la porte il a crié : « Dépêche-toi », puis il a fait demi-tour et s'est mis à galoper vers son appartement.

Encore un truc prétendu urgent, ai-je pensé en moi-même, mais on ne sait jamais. C'était peut-être quelque chose d'important. Peut-être qu'un jour il crierait « au loup ! au loup ! » et qu'il y aurait vraiment un loup. Peut-être qu'un loup était en train d'attaquer ses parents à ce moment précis. En tout cas il se conduisait comme si c'était le cas. C'était ça ou une autre catastrophe imprévisible. Alors je me suis mis à courir derrière lui.

Il a foncé dans son appartement et de là dans sa chambre. Comme un fou, il a montré du doigt son aquarium.

« Il fuit, il fuit terriblement ! Il faut "les"

transvaser tous dans la baignoire. Et vite!» Il regardait sa montre désespérément en louchant. «Il va fermer», a-t-il soupiré. «La boutique va fermer et il faut absolument que j'achète un autre aquarium. La baignoire n'est qu'une solution provisoire.»

Il s'est penché sur l'aquarium et s'est mis à suffoquer. «L'eau fout le camp à toute allure. Faut se dépêcher. J'ai ouvert l'eau de la baignoire. Toi, tu transportes les poissons, moi je file à la boutique chercher un aquarium.»

Il ouvrait et refermait brutalement les tiroirs de son bureau à la recherche de son portefeuille. Je savais qu'il s'agissait de son portefeuille parce qu'il n'arrêtait pas de dire: «Portefeuille, portefeuille», comme si le portefeuille pouvait l'entendre et dire: «Coucou, me voilà.»

«Ne me regarde pas comme cela», ai-je dit, «Je ne vais pas transporter tes poissons dans une autre pièce. Je ne vais les transporter nulle part.»

«Ils vont mourir, ils vont mourir!» a dit Goober, les yeux en boules de loto.

Cela m'a rappelé le premier jour de notre rencontre.

«Toi tu les déplaces, moi je vais chercher l'aquarium», ai-je proposé.

«Ecoute», a-t-il dit d'un ton pressant, «tout ce que tu as à faire c'est de les sortir avec cette épuisette, de les mettre dans un récipient, d'emporter le récipient dans la salle de bains et de les verser délicatement dans la baignoire.»

J'ai secoué la tête.

«Ils ne vont pas te mordre», a-t-il dit.

C'était gagné. Je ne voulais pas qu'il s'imagine que j'avais peur d'eux bien qu'ils soient drôlement visqueux.

«Alors tire-toi, et vite», ai-je dit, «j'ai autre chose à faire.»

On peut dire ce qu'on veut contre la télévision, quand il y a une émission que vous aviez vraiment envie de regarder et qu'au lieu de cela vous devez transporter des poissons ou faire autre chose, c'est drôlement frustrant.

Finalement Goober a récupéré son portefeuille et s'est rué hors de l'appartement. Avec l'épuisette j'ai essayé de sortir les poissons de l'aquarium qui continuait de fuir. Ça fuyait à toute allure. Bientôt les poissons n'auraient plus d'eau du tout. J'en avais mis trois dans le récipient et j'étais en train de repêcher le quatrième, quand tout à coup je me suis souvenu que j'avais oublié d'éteindre le feu sous mon hamburger. Il était probablement en train de brûler et de mettre le feu à la cuisine.

Dans mon affolement, j'ai laissé échapper le quatrième poisson, un petit noir; il se tortillait sur la moquette, je voulais l'attraper et le sauver, mais en même temps il fallait que je courre à l'appartement où tout pouvait prendre feu et mettre le feu à tout l'immeuble. J'ai filé de chez Goober pour aller chez nous. Il y avait de la fumée dans tout le salon, sans parler de la cuisine, une minute plus tard c'était la catastrophe, une catastrophe aussi épouvantable que le loup attaquant les parents de Goober dans leur lit.

J'ai éteint la cuisinière et je suis reparti à toute pompe chez Goober pour sauver le poisson que j'avais laissé tomber. Je l'ai attrapé avec l'épuisette et mis dans le récipient avec les autres, il avait l'air plutôt mal en point mais peut-être ressusciterait-il quand je l'aurais mis dans la baignoire.

La baignoire! Mon Dieu, je l'avais oubliée celle-là! L'eau coulait toujours, je l'entendais d'ici. J'ai foncé dans la salle de bains et naturellement la baignoire débordait, il y avait au moins deux centimètres de flotte qui commençait à couler dans le vestibule.

J'étais sur le point de faire une véritable dépression nerveuse quand j'ai entendu s'ouvrir la porte de l'appartement. J'ai hurlé : « Goober ! » mais ce n'était pas Goober, c'était son père.

Il est resté planté à me regarder d'un air étrange. Il m'aurait regardé d'une manière encore plus étrange s'il avait su ce qui se passait dans la salle de bains, et le reste.

« Où est Goober ? » a-t-il demandé.

« Il avait une course à faire », ai-je dit, espérant qu'il n'entendrait pas l'eau couler.

S'il attendait ici le retour de Goober, j'allais avoir des ennuis parce que j'avais vraiment foutu la pagaille, alors je lui ai dit : « Il a demandé que vous alliez le retrouver le plus vite possible au drugstore du coin. C'est très important. »

M. Grube a froncé les sourcils.

« Il a dit qu'il fallait vous dépêcher », ai-je insisté. « Il va bien, mais il a besoin de vous parler immédiatement. »

M. Grube, les sourcils toujours froncés, s'est dirigé vers la porte, puis il s'est retourné.

« Et le robinet ? »

« Le robinet ? »

« Le robinet de la cuisine, il fuit. N'oublie pas d'en parler à ton père. »

«Oh, je suis persuadé que cela l'intéressera beaucoup», ai-je dit. La seule chose à laquelle je pensais, c'était à la baignoire en train de déborder.

«N'oublie pas», a-t-il dit.

J'ai hoché la tête. «Je lui écrirai ce soir et je le lui signalerai. Cela l'intéressera sûrement. Il adore les robinets.»

«Lui écrire?» Ses sourcils noirs se sont haussés d'un cran. Je me suis souvenu tout d'un coup que mon père était censé être le concierge de l'immeuble. C'était trop compliqué de tout expliquer, alors j'ai seulement dit: «Il est vraiment dur d'oreille, alors, on est obligé de hurler pour lui parler ou de lui écrire des messages. Comme je n'ai pas une voix très forte, je préfère lui écrire que de crier.»

S'il ne débarrassait pas le plancher immédiatement, l'eau allait se mettre à couler dans le salon.

«Vous devriez vous presser d'aller au drugstore», lui ai-je dit. «C'est sûrement urgent.»

M. Grube semblait aussi blasé que moi au sujet des prétendues urgences de Goober, mais il a quand même ouvert la porte pour sortir. «N'oublie pas le robinet», a-t-il dit en partant.

J'ai filé dans la salle de bains, et me suis mis à patauger. Je me suis dépêché de réparer les dégâts. J'ai fermé le robinet de la baignoire et attrapé toutes les serviettes en vue pour éponger l'eau par terre. C'était sans espoir, donc, inutile de me donner trop de mal. J'ai couru dans la chambre de Goober pour voir comment allaient les poissons, ceux qui étaient dans le récipient et ceux qui étaient encore dans l'aquarium. Les premiers avaient l'air plutôt mal partis, les seconds se démenaient dans tous les sens et je ne voyais pas comment j'arriverais à les sortir avec l'épuisette, il allait falloir le faire à la main. Alors, ou j'allais m'évanouir, ou j'allais faire une dépression nerveuse, ou j'allais mourir.

Après environ cinquante heures, tous les poissons étaient dans la baignoire, et tout était aussi mouillé que la baignoire. La chambre de Goober où l'eau de l'aquarium avait fui, la salle de bains, le vestibule, moi, et probablement le plancher d'en dessous et encore celui d'en dessous.

Et où était passé Goober ? me suis-je demandé avec colère. Mon émission de télé ne serait pas rediffusée avant un an, je serais sans doute trop vieux pour l'apprécier étant donné la vitesse à laquelle je vieillissais.

Je commençais à m'apitoyer sur mon sort, barbotant dans la flotte, essayant de tout éponger avec les serviettes trempées, quand Goober a fait irruption dans l'appartement, portant un aquarium deux fois plus grand que lui. A travers les parois de verre, son visage déformé ressemblait à celui d'un énorme poisson.

«Je l'ai eu, je le tiens», a-t-il dit. «Comment vont-ils? As-tu réussi à les sauver tous?»

«Tous», ai-je dit, me sentant très fier tout d'un coup, et réalisant que c'était la première fois de ma vie que j'étais fier de quelque chose. «Ils s'en sortiront», ai-je continué, savourant cette nouvelle sensation. «Je crois que le petit noir en a pris un coup, mais...»

«Tu parles de Daphné?» a-t-il demandé en fonçant vers la salle de bains. «Peut-être a-t-elle besoin...»

Daphné nous a démontré qu'elle se sentait mieux, et après une longue discussion pour savoir si oui on non j'allais rester pour l'aider à mettre en place le nouvel aquarium, je suis resté. Pour être honnête, s'il n'avait pas eu besoin de moi j'aurais été déçu, enfin je veux dire, si les poissons n'avaient pas eu besoin de moi.

Nous avons transporté les plantes d'un aquarium dans l'autre et Goober a mis dans l'eau propre des pastilles spéciales pour améliorer sa qualité et que les poissons s'y trouvent bien, et puis il a dit qu'il fallait attendre un peu, avant de les mettre dedans. C'est à ce moment-là que je suis parti.

Il a dit: «Merci beaucoup, c'était très sympa de ta part», le refrain habituel des gens bien élevés.

J'avais traversé l'épreuve du feu (le hamburger brûlé), et celle de l'eau (la baignoire débordante), ai-je pensé, épuisé, en regagnant notre appartement. En plus il fallait tout nettoyer avant le retour de Maman. Il n'y avait plus rien à la télé maintenant, à part les nouvelles, les prévisions météorologiques et les résultats sportifs. Goober avait gâché ma soirée, il avait gâché ma bonne humeur, il était en train de gâcher mon été.

8. Il faut fêter cela

Je commençais à avoir des cauchemars au sujet de ce questionnaire stupide. Je l'avais posté, d'accord, mais avais-je bien répondu aux questions ? Mes réponses leur avaient-elles semblé sincères ? Ou s'apercevraient-ils, à travers les banalités écœurantes que je leur avais servies au sujet de mon moi réel, de mon hypocrisie ?

A peu près toutes les heures, je descendais pour surveiller la boîte aux lettres. J'en profitais à chaque fois pour acheter un paquet de bonbons. Ça me calmait les nerfs. Qu'est-ce qui se passerait si je n'étais pas admis ? Adieu la télévision. Pour toujours. Cette idée me paniquait.

Vous pourriez penser que j'avais suffisamment de problèmes entre mon inquiétude au sujet de Fairlee et mon désir de tenir Goober à distance, et pourtant j'en avais un autre : Papa. Le matin il me réveillait pour faire des «pompes» avec lui ; tous les après-midi il me traînait dans de longues séances de marche sans intérêt. Illico presto il était en train de faire de moi un athlète. Sa théorie à propos de toute cette gymnastique, c'était qu'elle vous développait, vous modelait, mais sur moi, elle n'avait aucun effet. Je n'étais pas habitué à autant d'oxygénation.

Ce jour-là était une journée type. « Tu ne peux pas continuer comme cela, mon garçon », a-t-il dit, en marchant à longues enjambées pendant que j'essayais de ne pas trébucher. « Tu dois te concentrer sur ta future carrière. Je n'ai pas l'intention de te dire ce que tu dois faire, mais je te conseille vivement de réfléchir à... »

J'avais entendu ce genre de discours près de cent fois. Bon Dieu ! Il s'écoulerait des milliers d'années avant que je sois suffisamment mûr pour penser à ma future carrière. J'avais seulement besoin de me détendre, de regarder la télévision, de prendre le temps de décider tranquillement de ce que je ferais plus tard.

Nous avions déjà parcouru à pied la distance de soixante immeubles, et il commençait seulement à se mettre en train. J'ai pensé que je pouvais faire semblant de me tordre la cheville pour rentrer en taxi.

«... télévision», a-t-il dit. J'ai dressé l'oreille, jusque-là je n'avais rien écouté. «La télévision, voilà la coupable», a-t-il continué. «C'est le facteur déterminant de la faillite de la culture. Elle a fait de notre pays une nation de spectateurs passifs. Quant aux sports...» Là, il a poussé un soupir, secoué la tête tout en continuant de marcher. «Elle a fait de nous des sportifs en pantoufles. Plus personne ne joue au foot ni au basket, on se contente de regarder jouer les autres.»

Il fallait que j'essaie d'empêcher que cette conversation ne vire au sermon: il n'y en a plus que pour la télé... etc. Mais j'étais franchement hors d'haleine.

«La télévision est l'invention la plus néfaste pour l'humanité», a dit Papa. Je me doutais vers quoi tendait ce monologue. Il allait probablement rentrer à la maison et jeter le poste de télé par la fenêtre.

«Tu sais, papa», ai-je dit en haletant, «j'ai vu une émission très intéressante l'autre soir dans le cadre des programmes éducatifs...» J'ai presque hurlé le mot «éducatifs» pour qu'il m'écoute. «C'était au sujet» (ça carburait à toute allure dans ma tête) «des carrières et comment faire son choix. C'était une émission très, très intéressante. Honnêtement elle m'a fait réfléchir. Et je me suis dit que la télévision était vraiment quelque chose d'extraordinaire. Tu te rends compte, toute une émission sur le choix d'une carrière ! »

« Hum ? » a dit Papa, marchant à grands pas, la tête haute, les épaules rejetées en arrière, les cheveux au vent.

Je l'ai devancé : « Ils ont exposé les avantages et les inconvénients de toutes les carrières possibles. »

« Une émission qui semble plutôt ambitieuse », a-t-il dit.

« En tout cas, cela m'a ouvert les yeux, c'est sûr, Papa. Je n'y avais pas vraiment pensé avant. Mais sincèrement cette émission était vraiment très, très, instructive. Elle m'a donné des tas d'idées. »

Le problème était que j'étais incapable de citer une de ces fameuses carrières s'il me la demandait.

Justement, il prenait une profonde inspiration pour me demander quelle carrière m'intéressait éventuellement. Je ne lui en ai pas laissé le temps.

« Raconte-moi, Papa, parle-moi de toi quand

tu avais mon âge, dis-moi comment tu as choisi ton métier ?»

Ça lui plaisait. C'était son sujet favori. S'il n'avait pas amorcé une discussion sur trois par «quand j'avais ton âge» je n'aurais jamais pu soupçonner qu'un jour il avait eu mon âge, ou n'importe quel âge à l'exception de celui qu'il avait.

Me parler de son enfance et à quel point il était parfait lui a pris suffisamment de temps pour qu'on arrive jusqu'à notre immeuble. Je pouvais garder le truc de la cheville foulée pour une autre fois.

On est entrés dans l'ascenseur. Papa a tenu la porte ouverte pour quelqu'un et il s'est trouvé qu'il s'agissait de M. Grube. Il m'a salué. «Bonjour», a-t-il dit. Papa s'est raclé la gorge pour me signifier que je devais les présenter. Il tient par-dessus tout à ce que je me montre bien élevé, bien poli.

«Voici mon père, M. Grube», ai-je dit. «Papa, voici M. Grube, le père d'un de mes amis.» Voilà encore une chose que mes parents m'avaient apprise, dire qui est qui en peu de mots, quand on présente les gens.

M. Grube et papa se sont serré la main.

M. Grube s'est penché vers Papa et a crié : « BELLE JOURNÉE ! » Papa est resté médusé. « POUR CE QUI EST DU ROBINET DE LA CUISINE... » a encore crié M. Grube.

« Je ne comprends pas », a dit Papa.

M. Grube a tiré de sa poche un carnet et un crayon. Il a griffonné quelque chose, a déchiré la feuille et l'a tendue à Papa. J'y ai jeté un coup d'œil. C'était écrit :

Le robinet de la cuisine fuit. C'est urgent. Grube 1410.

Papa a lu la note. Il a regardé M. Grube aimablement. « Je suis sûr de ne pas... »

Nous étions arrivés au quatorzième (treizième).

« ENCHANTÉ DE VOUS AVOIR RENCONTRÉ » a crié M. Grube. « A DEMAIN AU PLUS TARD. N'OUBLIEZ PAS D'APPORTER DES RONDELLES. »

« Curieux type », a chuchoté Papa, quand M. Grube fut rentré chez lui. « Tu dis que c'est le père de ton ami ?... »

J'ai acquiescé. C'était trop compliqué à expliquer : et Goober, M. Grube et pourquoi ce dernier se figurait que Papa était le concierge de l'immeuble et qu'en plus il était sourd...

« Curieux », a répété Papa, comme nous nous dirigions vers notre appartement.

«Il y a beaucoup de phénomènes qui habitent ici», lui ai-je dit quand on est entrés à la maison, Maman est arrivée en courant de la cuisine, brandissant une enveloppe. «Tu es admis. Tu as réussi, tu entres à Fairlee!» a-t-elle dit, en se précipitant pour me serrer dans ses bras et m'embrasser.

J'étais admis!

Papa m'a donné une tape sur l'épaule, une de ces tapes d'homme à homme qui m'a fait grincer des dents. «Tu es un bon petit», a-t-il dit et je me suis senti comme un brave toutou qui a appris à rapporter le bâton qu'on lui lance.

J'avais réussi! Subitement j'aimais bien plus mes parents, et Goober, et moi-même.

«On va fêter ça», a dit Maman. Un instant j'ai pensé qu'elle allait apporter un gâteau ou autre chose, au moins un paquet de bonbons, mais non. Elle a déniché du ginger ale qu'elle a versé dans trois coupes à champagne. Mes parents ne boivent pas d'alcool, ils sont très à cheval là-dessus, mais ils servent le jus d'orange dans des verres à cocktails somptueux.

On a trinqué tous les trois. On s'est mis à parler tous ensemble. Papa a dit qu'il nous emmenait dîner dehors ce soir-là. J'étais content de les voir tellement satisfaits. C'était la première fois de ma vie que j'avais fait quelque chose qui les rendait heureux. Après tout je n'étais pas si nul que cela, et eux non plus.

Un peu plus tard, j'ai commencé à lire la lettre de Fairlee. Il n'était question que de leur plaisir de se réjouir d'avance à l'idée d'accueillir un nouveau groupe d'élèves d'un aussi bon niveau.

Qu'est-ce qui avait bien pu les séduire ? Mes ambitions professionnelles ? Le choix de mes passe-temps bidons ? Mon autobiographie ? Ce que j'attendais d'un ami ? L'image que je me faisais de moi-même ? Ou l'ensemble de toutes ces salades ?

Maintenant tout cela n'avait plus d'importance. J'étais admis.

Il me restait plusieurs pages à lire, quand Maman m'a dit : « Au fait, Jonah, Goober est venu il y a une heure. Il veut absolument te voir. Il a dit que c'était important. »

J'ai grogné. Et puis j'ai levé mon verre pour porter un toast : « A mon souhait le plus cher : me débarrasser de Goober. » « Je le verrai plus tard », ai-je promis. « Ses appels au secours urgents seraient trop traumatisants pour moi aujourd'hui. »

J'ai repris la lettre venant de Fairlee. Après avoir étudié et soupesé les réponses aux questionnaires envoyés, ils avaient choisi pour chacun des élèves un compagnon de chambre susceptible de lui convenir. Pour moi, Jonah, ils avaient sélectionné un garçon qui partageait mes goûts, mes aspirations, mes idéaux, un garçon qui deviendrait pour la vie l'ami de l'adolescent que j'étais aujourd'hui comme de l'homme que je serai demain. Il s'appelait Lewis K. Trane, junior.

Ils précisaient la tenue vestimentaire dont j'aurais besoin : tout devait être bleu marine, rouge et blanc. J'aurais l'air d'un drapeau américain, mais ça m'était égal.

Je n'avais pas encore fini de lire la lettre quand on a frappé à la porte. C'était Goober, toussotant, crachotant, ses boutons bourgeonnant plus que jamais. « Amène-toi vite ! » a-t-il dit, « il faut sortir les bébés-poissons de l'aquarium, ils sont en train de se faire bouffer. Dépêche-toi. »

J'ai soupiré et lui ai emboîté le pas. Puis je me suis retourné, pour faire un clin d'œil à Papa et Maman. « Je suis plutôt beau joueur, non ? Un vrai petit gars de Fairlee déjà ! »

9. Ce n'était qu'un début

On a mis au moins deux cents heures pour mettre en sûreté les bébés-poissons dans un autre aquarium. A présent, Goober avait trois nouveaux aquariums. Et il avait acheté tout un lot de poissons exotiques : xyphophori helleri, mollienissiae noirs, tetragonopteri phosphorescents. Des escargots d'eau et un poisson-chat hideux. Plus des plantes, de la mousse verte et d'autres pastilles à mettre dans l'eau pour la purifier.

Je ne pouvais pas plus échapper à Goober que ses poissons à leurs aquariums. Mais maintenant cela m'était égal. La fin de l'été approchait, j'allais entrer à Fairlee, partager une chambre avec un type du nom de Lewis K. Trane, junior, j'aurais ma télévision à moi et mon réfrigérateur à moi.

Au cours des deux semaines suivantes, j'ai reçu de Fairlee des tonnes de courrier. Ils devaient avoir un énorme personnel pour s'occuper de leurs relations publiques. Il y avait toutes sortes de lettres, de directives et de suggestions diverses, tout un fatras de propos dithyrambiques à propos de Fairlee, de compliments flatteurs sur le garçon extraordinaire que je devais être pour y avoir été admis. De ma vie je ne m'étais senti aussi important.

Ils se servaient d'une de ces machines à écrire électroniques reliées à un ordinateur, si bien que chacune des lettres semblait m'être adressée personnellement à moi, Jonah, que mon nom y était mentionné plusieurs fois, mais je savais qu'en réalité tout était rédigé automatiquement et que Lewis K. Trane et les autres garçons recevaient la même lettre, à la différence près que la leur disait : « Nous serons heureux de vous accueillir parmi nous, cher Lewis, Gustave ou Gary » et que sur la mienne on lisait : « Nous serons heureux de vous accueillir parmi nous, cher Jonah. »

Je commençais à me sentir un véritable personnage avec tout ce courrier, même si les lettres étaient des lettres standard.

J'en ai reçu une vraiment personnelle m'expliquant combien Lewis K. Trane et Jonah D. Krock étaient faits pour s'entendre, quels types épatants nous étions tous les deux, à quel point nos centres d'intérêt et nos passe-temps favoris se ressemblaient. J'étais convaincu que Lewis K. Trane, junior, avait gonflé et édulcoré ses réponses au questionnaire tout autant que moi.

Nous étions samedi, et Goober m'avait cassé les pieds toute la matinée pour que je l'aide à nettoyer ses aquariums. Finalement j'avais cédé pour qu'il arrête de me cramponner.

Les aquariums nettoyés, nous nous sommes assis par terre dans le salon avec nos banana splits. J'ai regardé les cartons qui encombraient les chaises et les divans en me demandant si c'étaient les mêmes ou non. Ce n'étaient pas les mêmes. Aujourd'hui il y en avait un qui pouvait contenir un manteau par exemple, et la série de petites boîtes qui étaient sur la chaise verte deux jours avant avaient disparu. Il n'y avait à leur place qu'un carton à chapeau ou quelque chose d'approchant.

La mère de Goober devait faire souvent du shopping. Elle n'était jamais à la maison, elle devait passer son temps à faire des courses, à acheter des choses, à les rapporter chez elle et à en acheter d'autres le lendemain. Ou peut-être à les échanger. Ça l'occupait. Certaines personnes ont des vies tellement ennuyeuses.

Goober bavardait comme d'habitude, les joues gonflées de guimauve.

«... voudrais être quand tu seras grand?»

«Je suis déjà grand», ai-je dit. «Mais je fais très, très jeune pour mon âge. En réalité j'ai trente-deux ans.»

Il ne m'écoutait pas. «J'ai décidé de devenir psychiatre», a-t-il dit, en mordant dans une banane.

«Je pensais que tu l'étais déjà», ai-je dit.

Il s'est mis à écraser son banana split. «Il est sage de choisir sa profession quand on est jeune», a-t-il déclaré. «De cette façon on peut se concentrer sur ses objectifs.»

«Je croyais que ton objectif était d'élever des poissons de toutes les formes et de toutes les tailles», ai-je dit.

«Les poissons tropicaux ne sont qu'un passe-temps», a-t-il corrigé, «il faut avoir des passe-temps pour se détendre. C'est bien d'en essayer plusieurs quand on est jeune. Comme cela, quand on vieillit, qu'on est devenu un homme d'affaires ou un professionnel quelconque, on peut grâce aux passe-temps se reposer des contraintes quotidiennes.»

Il aspirait la glace fondue de son banana split. J'avais fini la dernière bouchée du mien, je me suis étiré et me suis levé. Quelqu'un grattait à la porte. C'était madame Grube, la mère de Goober.

«Trésor, aide-moi à me débarrasser de tous ces paquets», a-t-elle crié. Goober et moi, nous nous sommes dirigés vers la porte. «Oh, mais c'est ton gentil petit ami. Tu es venu pour le robinet?» a-t-elle demandé.

J'ai secoué la tête et tendu les mains pour prendre deux des paquets qui tenaient en équilibre sur ses bras.

«Une journée absolument épuisante», a gémi madame Grube. «Une journée épouvantable, harassante.» Elle allait s'asseoir sur une chaise mais celle-ci était encombrée de boîtes. Elle les a repoussées et s'est laissée tomber sur la chaise avec soulagement. «C'est trop, vraiment trop», a-t-elle murmuré. «Des gens horribles, je ne sais pas ce que va devenir cette ville.»

Goober a emporté nos bols à la cuisine. Madame Grube a fouillé dans son sac.

«J'ai ramassé le courrier, mon chéri.» Elle a regardé vaguement dans ma direction. «Sois un amour, pose-le sur la table de la salle à manger.»

Elle a brandi une poignée d'enveloppes. Je les ai prises et les ai mises sur la table de la salle à manger. Celle du dessus a accroché mon regard. C'était une lettre venant de Fairlee. J'aurais reconnu leur cachet entre tous. Et elle était adressée à Lewis K. Trane, Jr.

Je suis resté là, à la regarder bêtement, me demandant comment elle avait atterri ici.

Goober est revenu de la cuisine.

« Il y a une lettre pour toi de cette fameuse école, mon trésor », a dit madame Grube. « On l'a enfin fait suivre. Quand auront-ils notre nouvelle adresse ? »

J'ai regardé Goober fixement. Il avait mis ses doigts dans son nez.

« Comment t'appelles-tu ? » ai-je demandé très lentement et très distinctement en détachant chaque syllabe.

Il a cligné ses yeux en boules de loto.

« Qu'est-ce que tu veux dire par comment je m'appelle ? »

« Je croyais que tu t'appelais Goober Grube. »

« Ah, ça. Goober est mon surnom, bien sûr. Et Grube le nom de mon beau-père. Quand Maman l'a épousé, j'ai gardé mon nom d'origine : Trane. C'est marrant que tu ne l'aies jamais su. Tu ne me l'as jamais demandé, et je n'ai jamais pensé à te le dire.»

«Donc tu es bien Lewis K. Trane», ai-je dit bêtement.

«Junior», a-t-il rectifié. «Le K. est mis pour Knowlton. C'est un nom de ma famille. Comment se fait-il que tu t'intéresses aux noms tout d'un coup?»

Madame Grube a appelé du salon: «Je vais prendre un bain moussant, mon chéri.»

Goober n'avait pas lu la lettre de Fairlee, il ne savait donc pas encore que j'allais devenir son compagnon de chambre, ni même que j'allais moi aussi entrer à Fairlee.

Son regard est tombé sur la lettre posée sur la table. «Oh! je vois pourquoi tu te posais des questions au sujet de mon nom. Cette lettre hein! Eh bien, elle vient d'une école où je voulais entrer.» Il l'a ouverte et l'a parcourue. «C'est O.K. Je suis admis. Je le savais.» Il m'a regardé. «Puisque je serai interne cette année, tu voudras bien t'occuper de mes poissons? A moins qu'ils ne m'autorisent à les emporter. Je ne risque rien d'essayer.»

Pour ce qui était de prendre un nouveau départ, c'était raté. Moi qui espérais pouvoir écrire:

« Amen, Fini, Fin de mon amitié avec Goober », je comprenais que c'était seulement le commencement.

A nous deux Fairlee.